DE PAUL DE SAINT-VICTOR
BIBLIOTHÈQUE
Stern Graveur

RECUEIL

DES OEUVRES CHOISIES

DE

JEAN COUSIN

RECUEIL

DES OEUVRES CHOISIES

DE

JEAN COUSIN

PEINTURE, SCULPTURE, VITRAUX, MINIATURES, GRAVURES A L'EAU-FORTE ET SUR BOIS

REPRODUITES EN FAC-SIMILE

PAR MM. ADAM ET ST. PILINSKI, AUG. RACINET, LEMAIRE, DURAND ET DUJARDIN

(QUARANTE-ET-UNE PLANCHES, DONT QUATRE EN COULEURS)

ET PUBLIÉES AVEC UNE INTRODUCTION

PAR AMBROISE FIRMIN-DIDOT

DE L'ACADÉMIE DES INSCRIPTIONS ET BELLES-LETTRES

PARIS

LIBRAIRIE DE FIRMIN DIDOT, FRÈRES, FILS ET Cⁱᵉ

IMPRIMEURS DE L'INSTITUT DE FRANCE

RUE JACOB, 56

—

1873

INTRODUCTION

Plusieurs articles ont été consacrés à mon *Étude sur Jean Cousin* (1); les uns ont abordé de front certains points controversés, et j'en ai éprouvé une grande satisfaction, car je désire que la lumière se fasse et je réclame une discussion large et profonde dans l'intérêt de l'art français ; d'autres ne sont que de simples comptes rendus où l'on ne trouve que quelques critiques de détail. Je remercie sincèrement tous ces auteurs, même mes contradicteurs, de leur louable préoccupation à sonder tout ce qui peut se rapporter à un de nos plus grands artistes, et je leur exprime toute ma reconnaissance d'avoir bien voulu rendre justice à mes efforts.

Cependant on est allé jusqu'à chercher à effacer la célébrité traditionnelle qui se rattache au nom de Jean Cousin et à lui ôter la couronne de gloire que l'admiration des siècles passés lui avait décernée. Cette tentative, qui n'est que le résultat d'un sentiment individuel, sans avoir aucune preuve évidente en sa faveur, me paraît regrettable, car elle est gratuitement antipatriotique.

« La personnalité très-obscure du maître sénonais *démesurément surfaite,* dit M. L. Gonse, *par le « besoin qu'on avait en France, au seizième siècle (?) d'opposer au géant florentin,* peintre, sculpteur, « architecte, ingénieur et poëte, *un artiste qui fût également universel,* m'a toujours vivement préoc- « cupé ; » et plus loin : « Jean Cousin me paraît *un artiste de second ordre,* au compte duquel on « s'efforce, depuis la fin du dix-septième siècle, de faire passer une foule de chefs-d'œuvre « anonymes. »

Je ne saisis pas bien, je l'avoue, la signification de la première phrase. M. Gonse croit-il réellement à la préoccupation patriotique des *contemporains* de Jean Cousin d'avoir un rival français à opposer à

(1) 1° *Revue critique d'histoire et de littérature* (28 septembre 1872, n° 39), article de M. J.-J. G.;
  2° *Gazette des beaux-arts* (1er décembre 1872), article de M. Georges Duplessis;
  3° *Bibliophile français, Gazette illustrée* (décembre 1872), article de M. Paul Lacroix (bibliophile Jacob);
  4° *Chronique des arts* (21 décembre 1872), article de M. L. Gonse;
  5° *Journal des beaux-arts* d'Anvers (15 janvier 1873), article de M. A. Siret;
  6° Article de M. Adolphe Viollet-le-Duc, dans le *Journal des Débats,* etc., etc.

Michel-Ange? Mais alors comment peut-il admettre qu'on ait choisi pour ce rôle *un artiste de second ordre,* qualification qu'il donne à Cousin, et qu'on ait pu, au vu et au su de tout le monde, lui créer une fausse réputation? On sait d'ailleurs qu'à cette époque l'influence de l'art italien était toute-puissante à la cour de France, et que c'est l'opinion de la cour qui prévalait dans les autres sphères de la société. S'il a voulu dire que cet amour-propre national s'est manifesté au siècle suivant, il faut prouver que Jean Cousin n'avait pas été à la hauteur du rôle qui lui était assigné et qu'il n'était *qu'un artiste de second ordre.* Le peu de témoignages écrits qui nous sont parvenus démontrent le contraire.

Jean Cousin jouissait d'une grande réputation parmi ses contemporains. Guy le Fèvre de la Boderie, dans son poëme *la Galliade,* publié en 1578, le cite entre d'autres artistes de son temps en ces termes :

> Et Cousin qui entr'eux mérite grand louange.

Comme dans ce passage il énumère principalement les architectes, il semble qu'il a voulu mentionner Jean Cousin comme un artiste d'un talent supérieur dans les branches qui se rattachent à l'architecture, telles que le dessin d'ornementation et très-probablement aussi la sculpture décorative.

Jean Des Caurres, dans ses *Œuvres morales et diversifiées,* publiées en 1584, cite Jean Cousin sur le même rang que les peintres les plus célèbres : Raphaël, A. Dürer, etc.

Taveau, dont je parlerai amplement plus loin, proclame hautement le grand talent de son contemporain et compatriote dans la *peinture,* la *sculpture* et le *dessin.*

Pour recevoir de tels éloges, au milieu de l'engouement italien, il fallait s'imposer à l'opinion par la supériorité de ses talents, et être un artiste non pas de second, mais de premier ordre.

Les documents tirés des archives de l'Yonne et autres démontrent que Jean Cousin était employé comme *géomètre* et *expert arpenteur* dès 1526.

Joignez à ces renseignements les données que nous offrent les œuvres authentiques et signées de Jean Cousin, et vous verrez qu'il était *peintre, sculpteur, dessinateur, écrivain d'art, graveur à l'eau-forte* (peut-être même quelquefois sur bois) et *géomètre,* ce qui prouve suffisamment l'*universalité* réelle et non mythique de son talent.

Mais, me dira-t-on, s'il a réellement été un génie puissant comme la vague renommée veut le présenter, comment se fait-il qu'il reste si peu de documents sur son compte? La réponse me paraît facile. On sait fort bien que l'art en France n'a pas trouvé d'historiographe au seizième siècle ni avant. Ceux qui ont écrit postérieurement sur cette matière n'avaient généralement d'autres documents à leur disposition que quelques mentions fugitives dans les livres de l'époque et les renseignements verbaux recueillis et transmis traditionnellement parmi les artistes. Les détails, sous le rapport des rémunérations pécuniaires et la nature des travaux, se trouvaient consignés dans les livres des comptes de la cour, des hauts personnages ou des églises; les quelques rares historiens d'art n'avaient ni l'idée ni la possibilité d'y recourir, et c'est récemment que, grâce aux efforts persévérants des chercheurs érudits, nous savons quelque chose sur Jean de Paris, Jensson Loisel, Jean Fouquet, Jean Poyet, les Clouet et autres artistes français qui ont fait pourtant des travaux admirables. Les renseignements recueillis sur eux proviennent généralement des comptes royaux échappés à la destruction. Or Jean Cousin a peu travaillé pour la cour et beaucoup pour des particuliers : ce serait donc dans les comptes de ces derniers, si toutefois ils ont tenu cette comptabilité, qu'on pourrait trouver des détails sur ses travaux. Qui sait si ces documents ne sortiront pas un jour d'un coin obscur de quelque archive ou bibliothèque? On en a trouvé quelques-uns à Sens pour la première partie de la vie de Jean Cousin; on suppose, avec beaucoup de probabilité, qu'on en rencontrerait d'autres dans les archives de la chambre des notaires à Sens. Mais pour la seconde période, celle de 1550 environ jusqu'à la mort de Jean Cousin, période qu'il passa à Paris, c'est dans notre capitale qu'on aurait la chance de trouver de nouveaux détails, si toutefois ces documents ont pu échapper à tous les bouleversements qui s'y succèdent sans relâche. Néanmoins M. de Laborde a rencontré dans les comptes royaux deux mentions constatant, l'une que Jean Cousin était pensionné par la cour vers 1550 avec le titre d'*imagier* à raison de quatorze livres par mois (210 fr. de notre monnaie); l'autre qu'en 1563 il vendit une pierre de marbre.

La modestie du caractère de Jean Cousin est visible partout. Pour les livres ornés de ses gravures sur bois, il n'a mis son nom qu'à ceux qui lui étaient complétement personnels, texte et figures, tels que le *Livre de perspective* et le *Livre de pourtraicture;* il n'aura pas voulu le laisser figurer, contrairement à l'usage de quelques-uns de ses contemporains, dans les préfaces d'autres ouvrages, considérant, dans sa modestie, que ses gravures n'étaient qu'un accessoire par rapport au texte, surtout lorsque ce texte était sacré comme dans les bibles. S'il a travaillé pour la cour et les hauts personnages, son caractère réservé et sa timidité l'empêchaient de rechercher leurs faveurs, et, à l'âge de soixante ans environ, il disait aux lecteurs, dans l'avant-propos de son *Livre de perspective* : « Amy lecteur, tu as « icy un mien œuvre, contenant les premieres reigles de l'art de perspective que i'eusse voluntiers « desdié au Roy ou à quelques princes et grans seigneurs, selon que coustumierement il se faict, *si* « *i'eusse senty de l'eloquence et sçavoir assez en moy pour m'y oser adresser* ».

Aux faveurs inconstantes des grands, il a préféré une vie indépendante et tranquille, se contentant du bonheur que lui procurait l'amour de son art, et il mourut comme il a vécu : « *plus riche de nom* « *que de bien de fortune qu'il a toute sa vye negligez,* dit son biographe Taveau, *comme tous hommes* « *de gentil esprit faisans profession des arts et sciences s'y sont peu arrestez* ».

Après le procès fait à la gloire de l'artiste, vient celui intenté à mon *Étude*.

L'auteur de l'article inséré dans la *Revue critique* a soulevé de graves objections, mais il n'a appuyé sa critique d'aucune argumentation sérieuse. J'y répondrai brièvement.

Tout d'abord il voudrait voir dans mon livre un travail de synthèse, tandis que le but que je m'étais proposé était d'offrir au lecteur un dossier, le plus complet possible, de renseignements et d'observations sur ce qui a été attribué par d'autres, ou sur ce que j'ai pensé moi-même pouvoir attribuer à Jean Cousin, et d'appeler ainsi l'attention publique sur ses œuvres en grande partie détruites ou inconnues. Ainsi que je l'ai dit dans ma préface, mon livre doit être considéré « non pas comme un travail « définitif, mais comme un *cadre* destiné à recevoir des rectifications et des additions ». C'est pourquoi, pour faciliter les recherches, j'ai divisé mon Étude en chapitres correspondant aux genres divers dans lequel le maître sénonais s'est exercé.

On peut s'apercevoir aisément que mon intention était plutôt de présenter un *recueil de matériaux pour servir à reconstituer l'œuvre de Jean Cousin,* que de faire un travail d'ensemble, une monographie méthodique.

L'article en question me reproche d'avoir reproduit « *minutieusement et sans utilité* » les dires de chacun de ceux qui ont écrit sur Jean Cousin. Il serait superflu d'insister sur ce qu'il y a d'excessif dans cette objection. Mon livre étant en quelque sorte un exposé de l'enquête définitive que j'ai cherché à provoquer sur notre grand artiste, et dans laquelle j'ai fait appel aux lumières, à la critique et au jugement du public compétent, j'ai cru essentiel de lui présenter toutes les pièces du procès, quelle que soit leur autorité, ne fût-ce que pour éviter aux autres la peine de faire ces recherches, qui ne sont pas toujours faciles. Quant à moi, j'aurais été satisfait de trouver ce travail fait par d'autres. Les renseignements fournis par les historiens d'art des siècles passés servent de point de départ à nos propres investigations; il convenait donc de ne pas les omettre, et j'ai cru plus juste et plus simple de les donner textuellement que d'en faire une paraphrase. En citant les opinions des autres, j'ai toujours eu soin d'exprimer mon avis sur leur valeur, ce qui écarte l'accusation de M. J.-J. G. que « l'examen sévère des sources » m'a fait défaut.

On me dit, à propos du tableau du *Jugement dernier,* que j'aurais dû lui consacrer une description originale au lieu de reproduire celle de MM. Miel et Ch. Blanc. La réponse à cette objection se trouve dans mon volume, et je maintiens que non-seulement je ne vois aucune utilité à refaire les travaux *bien faits* de mes devanciers, mais je considérerais un pareil procédé comme contraire à l'équité. Ma manière d'agir à cet égard est généralement approuvée, et M. Siret n'hésite pas de la qualifier d'*utile et loyale.*

M. J.-J. G. avance aussi que j'ai accepté « les attributions les plus contestables ». Je m'inscris contre cette allégation. Fidèle à mon plan, j'ai enregistré toutes les attributions, sans en prendre aucune responsabilité. C'est ainsi que j'ai signalé, d'après M. Déligand (1), une *Descente de croix* du Musée de Mayence, en ajoutant ces mots : « attribuée par les uns à Jean Cousin et par les autres à Michel « Dorigny ». N'ayant pas vu ce tableau, j'ai évité précisément de me prononcer. J'ignore sur quels arguments s'appuyaient les partisans de l'attribution à Dorigny, mentionnée dans la description de ce tableau faite par le conservateur du musée de Mayence, qui se prononce pour Jean Cousin et ajoute « qu'il est étonnant que plusieurs connaisseurs (?) aient été de l'opinion *fondamentalement réfutée* que « ce tableau soit de la main de Michel Dorigny ». M. J.-J. G. croit qu'il suffit que ces doutes, qu'il qualifie de *sérieux,* aient été émis, pour considérer l'attribution faite à Jean Cousin comme *la plus contestable.* Or, s'il est vrai que le tableau porte la date de 1523, ces doutes n'ont nullement été sérieux en ce qui concerne Dorigny, puisque cet artiste est né en 1617, c'est-à-dire quatre-vingt-quinze ans après l'exécution du tableau.

Quant à *Diane de Poitiers* appartenant à M. A. Houssaye, j'ai seulement dit que « la touche un « peu sèche, mais franche, et la sévérité élégante des lignes *rappellent* la manière de Jean Cousin », expression qui n'a rien de décisif.

M. J.-J. G. prétend que j'ai accordé une « importance exagérée aux gravures sur bois, aux dépens « des œuvres plus importantes et plus connues ». J'ai le droit d'en être surpris, car toutes les œuvres importantes de Jean Cousin ont été traitées par moi avec des développements suffisants, autant du moins que le peu de documents que jusqu'à présent nous possédons sur plusieurs d'entre elles me

____

(1) La *Notice sur J. Cousin* par Éd. Déligand, Sens, 1868, in-8, compte *vingt-huit* pages. Une première Notice du même auteur a été insérée au *Bulletin de la Société des sciences historiques de l'Yonne,* année 1851, et c'est sans doute cet extrait que possède M. J.-J. G., puisqu'il n'a que *quinze* pages.

l'ont permis, particulièrement en fait de peinture et de sculpture. Quant à ses gravures sur bois soit isolées, soit conservées dans les livres dont il prit plaisir à les orner, la description exigeait d'autant plus de détails qu'elles étaient peu connues.

Le même critique croit ne pas pouvoir admettre toutes les attributions faites par moi dans la série des gravures sur bois; mais pourquoi se borner à une phrase générale, sans préciser ses scrupules et en expliquer les motifs? Son objection devient donc pour moi insaisissable. M. J.-J. G. prétend à tort qu'il me suffisait de rencontrer dans une gravure du seizième siècle des pyramides parmi la décoration des fonds et des feuillages en pendentifs pour l'attribuer à Jean Cousin. Ce n'est point à la légère que je m'appuie sur ce que l'examen des faits me prouve de plus en plus être une vérité.

Comme point de départ il est un certain nombre de gravures, soit sur bois, soit à l'eau-forte, dont l'authenticité ne saurait être contestée puisqu'elles portent la signature de Jean Cousin : elles permettent donc d'étudier le caractère du dessin de l'artiste jusque dans ses moindres détails, et cet examen m'a conduit le premier à observer que parmi ces détails il en est quelques-uns que j'appellerais caractéristiques, puisque Jean Cousin les reproduit presque partout, en quelque sorte systématiquement et avec une préférence marquée. Ces mêmes signes caractéristiques se retrouvent dans plusieurs de ses peintures dont on ne saurait mettre en doute l'authenticité, telles que le beau vitrail de Fleurigny, l'Eva Pandora, et autres. Enfin la réunion des renseignements fournis par Papillon relativement aux gravures sur bois attribuées par lui, *bien qu'elles soient anonymes,* au même artiste, confirme encore cette observation et ne permet plus aucun doute. L'autorité de Papillon, graveur et premier historien de la gravure sur bois, est incontestable sous ce rapport, et M. J.-J. G. ne la récuse point. Né en 1698, Papillon compte dans sa famille trois autres graveurs : son père, son oncle et son grand-père. Ce dernier, né probablement entre 1620 et 1630, « était élève du graveur du Bellay, maître du fameux graveur Pierre le Sueur, le père ». Ce du Bellay naquit sans doute à la fin du seizième ou dans les premières années du dix-septième siècle, et par conséquent à bien peu de distance du temps où vivait Jean Cousin. Papillon a donc pu recueillir, rien que dans sa famille, des témoignages positifs pour la gravure sur bois du seizième siècle, témoignages transmis traditionnellement par plusieurs générations de graveurs. Remarquons que Papillon est très-réservé au sujet de Jean Cousin, et que, s'il est affirmatif sur certaines gravures de cet artiste, il dit quelquefois : « je suis là-dessus indécis », ou « je n'ose « pas y donner affirmative », sage réserve qui donne d'autant plus de poids à ce qu'il affirme sans restriction. On voit bien, d'ailleurs, que ses appréciations ne sont nullement le résultat de l'examen ou de la comparaison faits par lui, car quelquefois même il déclare *n'avoir pas vu* un certain nombre de gravures qu'il signale néanmoins comme étant de Jean Cousin, et il s'exprime alors ainsi :

« Il a dessiné, (et), *à ce que l'on dit,* gravé sur bois grand nombre de sujets de la Bible, de deux « grandeurs différentes, lesquels sont très-rares... *Je n'ai vu nulle part aucun sujet de ces deux* « *Bibles* » ou bien : « *On croit* que Jean Cousin a gravé, etc. », expressions qui prouvent que Papillon s'est fait l'écho des traditions professionnelles conservées soit dans sa famille, soit dans celles des autres graveurs et libraires. Et précisément, tout ce que Papillon attribue à Jean Cousin en vertu de ces témoignages traditionnels s'est trouvé vérifié par l'examen et la comparaison que j'ai pu faire de ces gravures déjà rares du temps où Papillon écrivait. Il en résulte qu'il faut tenir grand compte de cette affirmation de Papillon au sujet des travaux de Jean Cousin que : « *Presque toutes les estampes*

« *des livres imprimés à Paris*, sous les règnes d'Henri II, François II, Charles IX et Henri III, *sont*
« *de ses dessins ou de sa gravure sur bois* ».

Tout doute à leur égard eût cessé depuis longtemps, si on les avait eues sous les yeux, mais l'examen
n'en pouvait être fait par cette simple raison qu'il eût fallu posséder tous les livres à figures et toutes les
estampes citées par Papillon, et devenues maintenant presque introuvables, quoique quelques-unes aient
été propagées jusqu'à l'étranger, ainsi qu'on le voit par les légendes imprimées en plusieurs langues.
Cette disparition eut pour cause l'oubli et l'abandon, et je ne saurais expliquer cette indifférence pour
ces œuvres que par le grand développement que prit la gravure en taille-douce, à laquelle on trouva plus
de charme qu'à la gravure sur bois, compromise, on doit le reconnaître, par l'infériorité et même la nullité
de talent des Papillon eux-mêmes, malgré leur enthousiasme pour leur art. C'est par d'heureux hasards
que j'ai pu réunir la plupart de ces gravures dans ma collection, exceptionnellement riche sous ce rapport; ce qui m'a permis de constater que les gravures anonymes signalées par Papillon comme étant
de Jean Cousin offrent l'identité de style, de composition et de dessin avec celui des œuvres authentiques de ce grand artiste, et portent en un mot son caractère indéniable.

C'est avant tout sur ce *caractère* essentiel que je me suis basé dans mes appréciations, et, chose éton-
nante, j'ai retrouvé dans ces gravures sur bois anonymes les mêmes particularités de décoration et de
paysage, telles que pyramides, arceaux brisés, monuments demi-circulaires ou circulaires, ruines et
les feuillages en pendentifs, qu'on rencontre dans les œuvres authentiques du maître sénonais. Cette
particularité n'était donc pas, comme on le prétend, mon seul guide dans les attributions que j'ai faites
à Jean Cousin, mais un accessoire qui corroborait les données plus positives et plus importantes, et ce
qui donne plus de poids à ces signes caractéristiques, c'est que ces pyramides, ces feuillages, etc., se
rencontrent dans un grand nombre de travaux de Jean Cousin où leur présence est visiblement une
superfétation ou un anachronisme. C'était donc, on peut le dire, une *manie* d'artiste, à lui particulière,
car comment expliquer que deux ou plusieurs dessinateurs aient eu le même caprice? Il y aurait eu
tout cas une différence dans l'interprétation et dans l'exécution, ce qui n'a pas lieu. La critique peut
donc se résigner à admettre que ces détails caractéristiques sont le propre du dessin de Jean Cousin.

J'ai eu aussi le bonheur d'avoir entre mes mains des gravures que Papillon déclare n'avoir pas vues
et dont il ne parle que par tradition ; leur examen a parfaitement justifié les vagues renseignements de
cet écrivain, et permet de les restituer en toute sécurité à Jean Cousin.

Par cette méthode comparative, en passant du connu à l'inconnu, j'ai élargi encore le cercle d'attributions de Papillon, et j'ai trouvé des gravures qui lui étaient inconnues et qui portaient manifestement
le caractère particulier de Jean Cousin. Antérieurement à mes recherches, d'autres, même sans avoir ce
point d'appui, se sont engagés dans la même voie : Renouvier n'hésita pas d'attribuer à Jean Cousin les
gravures de l'*Entrée de Henri II à Paris*, et M. Viollet-le-Duc celles des *Figures de l'Apocalypse*.

Enfin, comme un dernier argument, je pose ce dilemme : quant on a sous les yeux des gravures sur
bois françaises du seizième siècle d'un dessin pur et correct et d'une finesse sans précédent, on ne
peut les attribuer qu'à un artiste d'un talent supérieur ; or, s'il avait existé à cette époque en France
un dessinateur ou graveur sur bois autre que Jean Cousin, mais qui lui fût égal comme talent, la
tradition nous en aurait conservé parmi les gens de métier au moins le nom, comme elle nous a transmis
celui du Petit Bernard. Renouvier, qui fait autorité en matière de gravure, a attribué à Jean Cousin
les gravures de l'*Entrée de Henri II à Paris,* sans avoir d'autres arguments à l'appui de son dire que

la supériorité de l'œuvre : « chef-d'œuvre de la gravure sur bois française, dit-il, que je ne vois pas « à qui attribuer mieux qu'au maître sénonais ».

La conclusion que M. J.-J. G. tire de mes opinions est que j'augmente démesurément l'œuvre de Jean Cousin et que je lui attribue beaucoup plus qu'il n'aurait pu faire. Si mon contradicteur s'était rendu compte de l'ensemble de l'œuvre, il aurait vu qu'elle n'est pas au-dessus des forces d'un homme qui a vécu plus de quatre-vingts ans d'une vie très-laborieuse. Les exemples d'une activité même bien plus surprenante ne sont pas rares dans l'histoire, et nous en voyons un exemple en la personne de Gustave Doré.

Pour mettre le public compétent en mesure de se prononcer sciemment sur la valeur de mes recherches, je publie ce recueil de *fac-simile* de quelques-unes des œuvres de Jean Cousin, dans l'espoir que les incrédules, qui jugent souvent avec une idée préconçue et sans avoir même vu les pièces du procès, voudront bien se rendre à l'évidence.

J'arrive maintenant à la question de la paternité de la statue de l'amiral Chabot, qu'on a voulu contester dans ces derniers temps, contre l'opinion générale. M. J. J.-G. et M. L. Gonse ne veulent point l'accorder à Jean Cousin. Le premier me reproche d'avoir négligé « de reprendre et de peser « une à une les *raisons très-plausibles* invoquées par M. Béclard *contre* cette ancienne attribution », et quelques lignes plus loin, sans faire connaître aux lecteurs la nature de ces raisons, ni ce qu'il y trouve de contraire à ma démonstration, il conclut ainsi : « l'argument de M. Béclard subsiste, on le « voit (?), dans toute sa force ». M. L. Gonse parle aussi des « *raisons décisives* (sans nous dire « lesquelles) qui *détruisent* cette malencontreuse attribution ».

Quel était l'état de la question au moment où M. Béclard publiait son article dans la *Revue de l'Anjou et du Maine* (décembre 1857)? Félibien, né trente ans et écrivant environ soixante-dix ans après la mort de Jean Cousin, est le premier qui déclare cet artiste l'auteur de la statue de Chabot. Remarquons que Félibien pouvait dans sa jeunesse recueillir les témoignages des contemporains de Jean Cousin. Les écrivains postérieurs, tels que de Piles, d'Argenville, le Vieil, etc., n'ont fait que le répéter. Millin et Lenoir ont été plus affirmatifs encore ; enfin Éméric-David et Renouvier, critiques sérieux, n'ont pas hésité de confirmer le jugement de leurs prédécesseurs. Mais, sauf les déductions plus ou moins justes et ingénieuses, on n'avait en faveur de cette attribution que le témoignage primordial de Félibien. Or son autorité fut mise en doute, parce qu'elle était isolée, et qu'elle paraissait contredite par l'opinion rapportée au temps de Félibien par Sauval, historien de Paris, qui dit que Perlan, habile fondeur du dix-septième siècle, attribuait la statue à Paul Ponce, mais Sauval s'empresse d'ajouter comme correctif que le sculpteur Sarrazin n'était pas de cet avis. Il résulte de cette contradiction que l'opinion de Perlan ne saurait nullement peser dans la balance, d'autant plus que, comme je l'ai dit dans mon *Étude* (p. 64), la citation de Sauval pourrait bien être une addition de Rousseau, son annotateur. En tout cas, de ces deux opinions, celle de Sarrazin, *sculpteur*, me paraît prédominer sur celle d'un fondeur, bien que ce fondeur eût très-bien exécuté en bronze la statue du prince Alberto Pio de' Carpi dont Ponce (Ponzio Trebatti) était l'auteur. Il était naturel, en effet, que ce fût un artiste italien qui sculptât la statue d'un prince italien, et que celle d'un amiral français fût l'œuvre d'un sculpteur français. Dans cet état de choses le doute était légitime : M. Béclard, en critique sérieux, *s'est abstenu* de se prononcer, et par conséquent M. J.-J. G. interprète mal l'opinion de M. Béclard lorsqu'il parle de ses

« raisons *très-plausibles* invoquées contre cette ancienne attribution », car, s'il n'a pas trouvé assez de preuves pour attribuer la statue à Jean Cousin, il en avait encore bien moins pour la lui dénier, et en définitive M. Béclard dit que pour lui « la seule conclusion permise, c'est que *l'auteur est inconnu* ».

M. Béclard n'était donc pas un adversaire : il s'est déclaré neutre. Que demandait-il pour se prononcer en faveur de Jean Cousin? « Où sont les témoignages contemporains, dit-il, où sont les titres « officiels qui appuient ses droits? *Ils ne sont pas encore trouvés.* » Voilà cette argumentation dont parle M. J.-J. G. et qui selon lui subsiste dans toute sa force. Eh bien, elle ne subsiste plus, puisque ces *témoignages contemporains* ont été trouvés depuis, et je suis persuadé que M. Béclard rendrait aujourd'hui un tout autre jugement.

J'arrive maintenant au manuscrit de Taveau, dont j'ai longuement parlé dans mon *Étude*, mais dont M. J.-J. G. s'est abstenu de faire *aucune mention*. Taveau, *contemporain et concitoyen* de Jean Cousin, était avocat et procureur au bailliage de Sens, et mourut en 1614. A la suite de son *Histoire de la ville de Sens* il a mis de courtes biographies des Sénonais remarquables, parmi lesquelles se trouve celle de Jean Cousin (1). Il serait superflu de démontrer qu'elle n'a pas été faite pour le besoin de la cause. Le neveu de Taveau, Maulmirey, transcrivit et compléta le manuscrit de son oncle, et la biographie de Jean Cousin s'y trouve identiquement la même. M. L. Gonse suspecte l'authenticité du manuscrit de Taveau; la meilleure réponse pour en faire connaître le caractère paléographique indubitable était d'en donner des *fac-simile*. A la pl. 20 de ce recueil on en trouvera deux. Dans cette notice biographique Taveau dit positivement : « Oultre ce, il estoyt entendu à la sculpture de « marbre, comme le tesmoigne assez le monument de feu admiral Chabot en la chapelle d'Orléans, « au monastère des Célestins de Paris, qu'il a faict *et dressé* (2), et montre l'ouvrage, l'excellence de « l'ouvrier ». Taveau, si sobre de détails sur la vie de Jean Cousin, lui qui ne cite aucun de ses tableaux, pas même son *Jugement dernier*, en se bornant à la phrase générale « les belles peintures », lui qui ne parle ni de ses eaux-fortes, ni de ses vitraux, ni d'autres travaux, sauf les deux livres publiés avec son nom, est d'une précision remarquable en ce qui concerne la statue de Chabot, dont l'éloge était dans toutes les bouches. Taveau, se faisant l'écho de l'opinion publique, a donc cru devoir consacrer une mention plus détaillée à l'œuvre qui était le principal titre de gloire de son concitoyen.

L'affirmation de Taveau est décisive, et aucune raison sophistique ne saura l'ébranler tant qu'on ne pourra lui opposer un texte contraire, aussi digne de foi et ayant la même valeur de contemporanéité. On aurait beau chercher à suspecter la sincérité de notre biographe ou à l'accuser d'avoir enregistré une rumeur vague ; le savant archiviste de l'Yonne, M. Quantin, et d'autres érudits bourguignons qui l'ont bien étudié, sont d'accord pour considérer Taveau comme écrivain scrupuleux et consciencieux. Il n'avance que ce qu'il sait sûrement; lorsqu'il ignore une date, il la laisse en blanc, et, quand il la sait approximativement, il en met une partie en chiffres romains et laisse la place pour le complément.

Maintenant que nous avons un témoignage contemporain, celui de Félibien acquiert une tout autre valeur qu'auparavant lorsque il était isolé. Bien certainement Félibien ne doit rien sous ce rapport au

---

(1) La dernière de ces notices biographiques concerne Jehan Bouillon, qui a translaté du latin en français plusieurs ouvrages, entre autres, l'Imitation de Jésus-Christ ; il mourut à Sens le dernier jour d'avril 1586.

(2) Le manuscrit de Taveau porte, de même que la transcription faite par Maulmirey, cette phrase : *qu'il a faicte et dressée,* qui s'appliquerait à la chapelle et non au monument; *lapsus calami* évident, car on ne *dresse* pas une chapelle ; d'ailleurs elle a été construite au xiv° siècle. M. Quantin, archiviste de l'Yonne, qui a signalé le manuscrit de Taveau en 1869, a transcrit, dans la citation qu'il en a faite, ces mots au masculin, conformément au sens réel.

manuscrit de Taveau, et lorsque un magistrat sénonais affirme un fait qui s'est passé à Paris, à plus forte raison un Parisien, et de plus un historien d'art, qui le confirme, doit être cru sans réserve.

Mais les critiques ne s'avouent pas désarmés. **M. J.-J. G.** prétend que Félibien ne fait autorité que pour les artistes de son temps, ce que nous apprenons pour la première fois. D'autres le repoussent parce qu'il *ne cite pas ses sources*, exigence un peu étrange, car de quelles sources peut-il être question à cette époque? Ce n'est ni dans les livres ni dans les manuscrits que Félibien pouvait puiser ses documents, mais bien dans les conversations avec des artistes, des membres du clergé et des personnes instruites, aussi bien que dans la tradition locale qui devait être bien vivace alors, c'est-à-dire une soixantaine d'années après la mort de Jean Cousin. La preuve de ce que j'avance sur le genre de sources auxquelles Félibien eut recours, je la tire de sa propre phrase où il dit : « L'estime qu'on doit avoir pour « un si grand homme *m'a souvent fait informer* de sa vie et de ses mœurs, mais je n'ai rien *ouï dire* de « lui que de très-avantageux. » Il en résulte qu'à cette époque on connaissait assez bien non-seulement les travaux de Jean Cousin (de ce *si grand homme*), mais aussi sa vie et ses mœurs ; c'est pourquoi Félibien n'avait pas besoin de citer ses sources orales pour établir un fait qui n'était point contesté.

M. L. Gonse porte son scepticisme plus loin que les autres, en disant que la statue de Chabot est une œuvre « plutôt italienne que française, et, pour préciser, plutôt milanaise que parisienne », assertion que personne jusqu'ici n'avait soutenue. M. Georges Duplessis l'a suffisamment réfutée (1). Renouvier, à l'opinion duquel on voudra bien accorder quelque autorité, a appelé ce célèbre monument un « produit d'un génie tout français, empreint des plus fines qualités de la Renaissance française ».

M. E.-F.-S. Pattison (d'Oxford) a fait insérer dans la revue anglaise *the Academy* (15 janvier 1873) un article en réponse à la lettre de M. Gonse. J'en donne ici la traduction :

« A propos de l'ouvrage récent de M. Firmin-Didot sur J. Cousin, M. Gonse a adressé, à la *Chronique des arts*, une « lettre dans laquelle il proteste contre « le sens général » du livre. Aux yeux de M. Gonse, Cousin est un artiste de « second ordre auquel on a indûment attribué un grand nombre d'œuvres anonymes. M. Gonse cherche à lui enlever « une réputation qu'il considère comme exagérée; mais, par contre, il lui attribue un travail auquel ni l'artiste lui- « même, ni personne autre, n'a jamais élevé des prétentions. Cousin, dit M. Gonse, « a gravé » la grande marque de « Jean le Royer qu'on voit sur le titre du *Livre de la Perspective*. Mais, s'il avait pris la peine de jeter un coup d'œil sur le « livre en question, il aurait vu que c'est Jean le Royer lui-même qui a gravé sa marque, puisque, dans l'avis de l'im- « primeur au lecteur, il est dit que Cousin fit les dessins sur bois, mais que c'est Aubin Olivier qui en commença la « gravure, achevée depuis par J. le Royer. Ainsi donc, M. Gonse, dans son empressement de circonscrire l'activité de « J. Cousin, qu'il met en suspicion, ajoute à son avoir l'exercice d'un art de plus. Mais revenons à l'énergique protes- « tation de M. Gonse contre ce qu'il appelle le sens général du livre de M. Firmin-Didot. M. Gonse reconnaît que « M. Didot a labouré un sol vierge, et il avoue n'avoir pas la compétence nécessaire pour traiter la question. Eh bien, « par une curieuse coïncidence, l'auteur du présent article, qui s'occupe depuis plusieurs années d'un travail sur la « *Renaissance française*, est arrivé, en substance, aux mêmes conclusions, relativement aux œuvres et aux droits de « J. Cousin, que celles qui résultent des recherches de M. Didot dans son *Étude sur Jean Cousin*. Il est vrai qu'à l'appui « de ces conclusions, on ne peut pas produire de documents positifs; mais nous devons rappeler aux Français qu'il y a « des faits qui n'en sont pas moins vrais, bien qu'on ne puisse pas les prouver. M. Gonse considère Cousin comme un « artiste de second ordre auquel on a injustement attribué un grand nombre d'œuvres anonymes; soit. La seule réponse « possible dans cette situation est que celui qui a fait une étude spéciale de ses œuvres reconnues et authentiques y « trouve la marque d'une individualité propre et puissante, qui permet de reconnaître la main du même artiste dans « d'autres œuvres non reconnues jusqu'à ce moment. C'est incontestablement le cas pour les gravures de l'*Hypneroto-* « *machia* de l'édition française du *Songe de Poliphile*, pour celles de l'*Entrée de Henri II* et celles de la *Bible* de Jean le

____

(1) Dans la *Chronique des Arts*, 4 janvier 1873.

« Clerc, qui peuvent être attribuées toutes à J. Cousin en vertu de leurs preuves intrinsèques. Il faut remarquer, comme
« conclusion, que M. Gonse dénie ces attributions à J. Cousin, qui reposent sur les preuves tirées de leur caractère
« intrinsèque, parce qu'elles ne sont pas confirmées par des documents *contemporains;* mais, dès que nous arrivons à la
« question de la statue de l'amiral Chabot, pour laquelle nous avons le témoignage écrit d'un *contemporain* et concitoyen
« de Cousin, à l'appui des droits de ce dernier, M. Gonse change de tactique, et, mettant de côté le manuscrit, il réclame
« pour lui-même le droit de juger *plutôt avec les règles supérieures et indéfinissables du goût qu'avec les procédés un peu étroits*
« *de la critique archéologique et paléographique.* Cette prétention inadmissible nous rappelle les motifs sur lesquels le doc-
« teur Hermann Grimm basait sa décision en faveur de la madone de Dresde comme étant l'œuvre originale de Holbein,
« c'est-à-dire le sentiment et l'esprit de l'auteur [*geistige Wirkung* (1)]. Quoi qu'il en soit, toute recherche ayant pour
« but d'éclairer la discussion sur J. Cousin sera accueillie avec satisfaction par les studieux de la Renaissance fran-
« çaise; la discussion et la contradiction sont des stimulants à faire de nouveaux efforts pour nous rapprocher de la
« vérité et dissiper les incertitudes. Lorsque nous aurons mis hors de discussion ce qui est et ce qui n'est pas l'œuvre
« de l'*obscur* artiste de Sens, nous serons plus en état de lui assigner, avec M. Gonse, la place qui lui est due. »

En terminant, qu'il me soit permis d'exprimer l'espoir que les critiques d'art voudront bien traiter cette question avec plus d'impartialité et moins de parti pris, et alors le débat au sujet de la paternité de la statue de l'amiral Chabot sera bientôt clos.

(1) L'écrivain anglais n'a pas traduit ces deux mots qui, en effet, ne sont guère traduisibles, surtout en France où, comme dit Voltaire : « Ce qui n'est pas clair n'est pas français. »

ADDITIONS ET RECTIFICATIONS

A L'ÉTUDE SUR JEAN COUSIN

(PARIS, 1872, IN-8°)

Page 7 et page 35, modifiez d'après ce qui suit les détails relatifs aux mariages de Jean Cousin :

Les renseignements concernant les trois mariages contractés successivement par Jean Cousin m'ont été fournis, ainsi que les matériaux de la généalogie entière, par M. Bouvyer.

M. Lobet avait déjà émis dans sa notice un doute sur ces alliances avec les familles les plus considérables du pays sénonais, alliances à l'appui desquelles on n'a pas trouvé de preuves officielles. Je ne m'étais pas arrêté à cette question sans importance pour l'histoire de l'art, mais deux nouveaux documents qui viennent de m'être communiqués, l'un par M. Lobet, l'autre par M. Chalard, bouleversent en effet complétement toutes les données présentées par M. Bouvyer (1).

D'après leurs papiers, Jean Cousin aurait épousé vers 1537 Marie Bouvyer, étant déjà veuf de Marie Richer et de Christine Rousseau. Or un censier de Colmiers, village de la banlieue de Sens (2), mentionne précisément à la date de 1537 une Jacotte COUSTE, fille d'une veuve et *femme de* JEHAN COUSIN, *peintre à Sens*, qui n'est sans doute nul autre que notre artiste. Voilà donc une quatrième femme que Jean Cousin aurait eue, et cela avant l'âge de quarante ans! Mais, contrairement aux mémoires de la famille Bouvyer, Christine-Nicolle Rousseau n'était pas morte avant 1537, car, dans un acte du 15 janvier 1538, nous trouvons que « Jehan Cousin, « painctre, demeurant à Paris », et *Christine Rousseau* sont témoins du mariage de Jehan Herardin, sergent

royal au siége présidial du bailliage de Sens, avec Anthoinette Thomyn, sa nièce (de Jean Cousin).

De ce qui précède, il résulte :

1° Que Jean Cousin était marié en 1537 avec Jacotte Couste;

2° Et qu'en 1538 il l'était avec Christine Rousseau. C'est de ce second mariage qu'on fait venir Marie, fille unique de notre artiste, et qui aurait épousé, le 13 septembre 1552, Étienne Bouvyer. Or, si cette date est exacte, Marie Cousin, pour avoir l'âge légal (quinze ans révolus), aurait dû venir au monde dans le milieu de l'année 1536, et nous venons de voir que celle qu'on lui donne pour mère ne pouvait contracter alliance avec Jean Cousin qu'après 1537. Par conséquent, ou bien la date de mariage de Marie Cousin est fausse, ou bien cette fille n'était pas issue de l'union de son père avec Christine Rousseau. Si la date est vraie, elle ne pouvait donc être que fille de Jacotte Couste ou d'une première femme, qui était peut-être cette Marie Bouvyer qu'on désigne seulement comme troisième épouse de Jean Cousin. Il n'y a là aucune impossibilité, et dans ce cas elle porterait le prénom de sa mère et aurait épousé son cousin germain.

Quant à l'alliance avec Marie Richer, de Thorigny, si Jean Cousin a eu réellement quatre femmes, on serait porté à croire qu'elle a été contractée non pas en premier, mais en dernier lieu, c'est-à-dire après la mort de Christine Rousseau; car, si elle était, comme on le prétend, de la famille de Christophe Richer, de Thorigny, conseiller, valet de chambre et secrétaire du roi François 1er, et son *ambassadeur* en Danemark et en Turquie, elle ne pouvait, en vertu de sa position sociale, épouser un roturier sans fortune ni gloire, et la gloire de Jean Cousin ne dut commencer qu'à l'époque où sa femme Rousseau vivait encore.

---

(1) Je dois cette petite dissertation généalogique à M. Gust. Pawlowski, mon bibliothécaire, particulièrement versé dans ces matières, et qui avait rédigé aussi les notices sur la famille de Bouvyer et sur celle de Woeiriot, insérées dans mon *Étude sur Jean Cousin.*

(2) Découvert par M. Quantin dans les Archives de l'Yonne.

Page 8, ajoutez avant le premier alinéa :

L'acte dressé par le lieutenant du bailli de Sens, le 12 août 1545, et que je mentionne plus loin dans les additions à la page 108, constate qu'à cette date Jean Cousin demourait déjà à Paris, mais qu'il venait assez souvent à Sens. Bien certainement il devait entrer à cette époque dans la maturité de son génie; néanmoins, chaque fois qu'il allait passer quelque temps dans sa ville natale, il ne dédaignait pas de s'occuper de travaux de second ordre, afin d'être utile à ses concitoyens.

C'est ainsi qu'en 1545 on a recours à lui pour la délimitation des propriétés litigieuses; en 1550, P. Fauvelet, chanoine fabricier de la cathédrale de Sens, enregistre les paiements suivants faits à Jean Cousin :

« Pour les portraictz des offrays de deux chappes qu'a
« faict mestre Jehan Cousin, 100 sous tournois. »

« *Item* pour la façon des orfrays qui ont esté faictz
« selon le portraict dudit Cousin, fait par maistre Loys
« Guignet, brodeur, 24 livres. »

« Payé à maistre Jehan Cousin, paintre, pour avoir
« visité, par plusieurs foys, et faict ung portraict avec
« enseignements, pour élever la Table d'or sur le grand
« autel (1), 4 livres 12 sous. »

« Pour avoir donné à boire à l'orphévre, à maistre
« Jehan Cousin, au serrurier et autres, quand ladite
« table fut transportée au chappitre, 10 sous. »

Dans les comptes de mai 1551 à mai 1552, on trouve encore les deux mentions suivantes :

« Donné à maistre Jehan Cousin, paintre, six escus
« sol, pour avoir fait un portraict d'un fus d'orgues,
« pour servir à l'église, 13 livres 16 sous. »

« Pour le portraict des offroys d'une chappe de
« damas vert, payé à maistre Jehan Cousin, paintre,
« 55 sous (2). »

Page 29, ajoutez cette citation avant celle d'Émeric-David :

Millin. *Voyage dans les départements du midi de la France* (Paris, 1807-11, 5 vol.), t. 1, p. 116 et suiv.

Jean Cousin, que l'on peut regarder comme le fondateur de l'École françoise, étoit né au village de Soucy, près de Sens, vers 1501; il y avoit épousé la fille de Lubin Rousseau, lieutenant-général du bailliage. Quoique son principal établissement fût à Paris, son bien et celui de sa femme étoient à Sens; il y alloit régulièrement passer plusieurs mois chaque année, et il y a laissé beaucoup de ses ouvrages, principalement des vitraux. On sait que la peinture sur verre est le genre dans lequel il s'est le plus exercé. J'ai déjà parlé de ceux de la cathédrale. L'église de Saint-Romain possédoit un superbe *Jugement dernier*, qui a été conservé par les soins du savant bibliothécaire feu M. Laire, et qui sera sans doute convenablement placé. Les beaux vitraux de l'église des Cordeliers, où il avoit peint le crucifiement, le serpent d'airain et un miracle de la Vierge, ont été

(1) « La table d'or était un monument célèbre qui représentait le Christ bé-
« nissant, avec la Vierge, saint Jean et les quatre évangélistes, et qui avait été
« donnée par l'archevêque Sewin à l'église de Sens, au neuvième siècle. Elle fut
« portée à la Monnaie en 1759, et produisit 57,700 livres. » (*Note de M. Quantin*
dans sa *Notice* sur J. Cousin, insérée dans le *Bulletin de la Soc. des sciences
histor. de l'Yonne.*)
(2) Archives de l'Yonne

brisés et dispersés. Il existe encore de lui quelques vitres peintes dans l'ancienne chapelle seigneuriale de l'église de Fleurigny, à trois lieues de Sens. M. Person, sculpteur à Sens, élève de Bridan, possède plusieurs fragments de vitraux de J. Cousin, qui sont d'une grande beauté : ils représentent diverses scènes de la passion.

Les tableaux de ce maître sont très-rares : le plus célèbre est son *Jugement dernier*, qui étoit aux Minimes du bois de Vincennes, et qui est à présent dans le musée Napoléon. M. Tarbé nous conduisit chez M. de Bonnaire, pour voir un précieux tableau de cet artiste célèbre. L'idée en est singulière : le peintre a voulu représenter les maux qu'Ève a faits au genre humain; et, comme il a trouvé sans doute un grand rapport avec cette histoire et celle de Pandore, il a cherché à combiner des détails qui pussent rappeler à la fois l'une et l'autre. Il a figuré (planche Ire, n° 5) Ève-Pandore nue, de grandeur naturelle; elle est couchée; son bras droit est appuyé sur une tête de mort, au-dessus de laquelle s'élève la branche du pommier fatal qu'elle tient dans sa main; sa main gauche pose sur un vase d'où est sorti un serpent qui, après avoir rampé alentour, s'enlace aussi autour du bras. Le lieu de la scène est une grotte percée en deux endroits différents : par l'une des ouvertures on voit une mer..... et par l'autre une forêt; dans l'enfoncement de la grotte et au bas de l'ouverture, qui laisse apercevoir la mer agitée, est un vase qui fait allusion à la boîte de Pandore, et d'où s'échappent, en forme de vapeurs, une foule de génies malfaisans qui, se précipitant par les deux ouvertures de la grotte, se répandent sur la mer et sur la forêt. Dans le lointain, on aperçoit des constructions de forme pyramidale; dans le ciel du tableau est une inscription ainsi figurée :

Eva prima Pandora.

La composition est aussi bizarre que l'idée est singulière. La figure d'Ève, qui est l'objet principal, est belle; le coloris de toute la peinture est un peu pâle. Félibien (1) a connu ce tableau et en a donné une description peu exacte. Il appartenoit alors à M. Le Fèvre, bailli au présidial de Sens, qui étoit parent de J. Cousin par les femmes; il est resté dans la famille, et appartient aujourd'hui à M. de Bonnaire. Jamais il n'a voulu permettre de dessiner ce tableau, et il a jusqu'à présent refusé toutes les propositions de s'en défaire, même celle de M. Danloux, qui lui offroit en échange de peindre en pied son portrait, ceux de son épouse et de sa fille. Le dessin que nous en présentons (pl. Ire, n° 5) a été fait de mémoire, pour donner une idée de la composition.

Page 53, dernière ligne :

Mon ami, M. Ferdinand Denis, qui a donné en 1850 une monographie touchant les participations des naturels brésiliens aux fêtes célébrées à l'entrée de Henri II à Rouen, m'apprend que ce ne sont pas des Brésiliens sauvages qu'on aurait fait venir de leur pays natal, mais que les cinquante Brésiliens qui dansèrent avec cent cinquante matelots français, faisaient partie des équipages de navires marchands allant chercher du bois du Brésil soit à Hamaraco, soit à Rio-Janeiro.

Page 59, ajoutez avant le chapitre Portraits :

Un heureux hasard m'a fait savoir que mon magnifique bréviaire ou livre d'heures de Claude Gouffier, auquel, malheureusement quatre miniatures ont été enlevées, était précédé de douze tableaux représentant les douze mois, dont, par une bonne fortune, j'ai pu retrouver celui qui est consacré au mois de *décembre* : il représente l'égorgement du porc. Le dessin est du plus beau style de Jean Cousin; l'entourage, orné de caria-

(1) *Entretiens sur la vie des peintres*, t. III, p. 81.

tides en camaïeu, est d'une richesse d'ornementation pareille à celle des autres miniatures du même livre. Les armes de Gouffier et sa devise s'y trouvent également.

M. Benj. Fillon, auteur du savant ouvrage *l'Art de terre chez les Poitevins*, possédait la peinture du mois de *juillet* du même calendrier; il en a fait don au Musée de Cluny.

J'espère que les autres planches de ce calendrier n'auront pas été détruites, mais qu'elles se trouvent dispersées, ce qui permettrait un jour de reconstituer cette œuvre, l'une des plus belles de notre école française.

On pourrait m'objecter que ce livre d'heures ne saurait être attribué à Jean Cousin, car son nom ne figure point dans les comptes de la maison du grand écuyer Claude Gouffier, tandis que M. Fillon y a relevé les noms de deux *maîtres peintres* de Paris, Robert Roussel (1558) et Guillaume Jaquier (1566), et de trois miniaturistes : Jean Lemaire, de Paris (1555), Charles Jourdain et Geoffroy Ballin (1559), qualifiés *enlumineurs*, et qui peignirent ou décorèrent deux livres d'heures pour les noces de Gouffier. Je répondrai que, d'abord, on n'en pourrait tirer aucune conclusion, car on ne possède que quelques fragments de ces comptes; qu'ensuite, j'ai déjà dit que c'est seulement le dessin des miniatures de mon livre d'heures qui doit être attribué à Jean Cousin, tant par son cachet d'un talent supérieur, qu'à cause des signes caractéristiques propres à cet artiste qu'on y retrouve. Quant à leur peinture, s'il y en a dont l'exécution est digne de Cousin, comme on pourra en juger par la reproduction en couleur que je donne de la plus importante de ces miniatures, dans d'autres on reconnaît des mains différentes, quelquefois même peu habiles, d'où il résulte que Jean Cousin a dû associer à cette œuvre plusieurs *enlumineurs*, peut-être même de ceux qu'employait Gouffier, et dont les honoraires ont pu être inscrits séparément. La miniature du calendrier que je possède porte la lettre P. qui est sans doute l'initiale de l'enlumineur.

Enfin, détail important et que je suis le premier à mettre en lumière, Léonor Chabot, le même qui a élevé à l'amiral, son père, le mausolée sculpté par Jean Cousin, était depuis 1549 *gendre* de ce Claude Gouffier : il serait donc surprenant qu'il n'eût pas mis son beau-père, un des plus grands amateurs des beaux-arts à cette époque, en rapport avec un artiste comme J. Cousin. Ce qui me paraîtrait encore le plus probable, c'est que Chabot aura peut-être fait faire à ses frais le livre d'heures en question pour l'offrir à son beau-père, ce qui expliquerait pourquoi le nom de Cousin ne figure point dans les comptes du grand écuyer Gouffier.

Page 65, mettez à la place du dernier alinéa :

Millin, dans ses *Antiquités nationales*, t. I, p. 57, a donné une reproduction du tombeau de l'amiral Chabot, tel qu'il était dans son état primitif; c'est la seule qui donne une idée parfaite des ornemens qui entouraient la statue et qui n'existent plus aujourd'hui, à l'exception de quelques fragments. Je donne un fac-simile de cette reproduction que j'ai fait rectifier, pour certains détails imparfaits de l'encadrement, d'après les morceaux qu'on en possède. Elle est suivie de la notice que je transcris à cause de son intérêt tout particulier :

« Auprès du tombeau de Henri, on voit celui de Philippe Chabot, connu sous le nom de l'amiral Chabot.

« Ce tombeau est de marbre noir; l'amiral est dessus à demi couché : il est entièrement couvert d'une superbe armure, et il a par dessus une espèce de casaque qui lui descend jusqu'à la ceinture. Cette casaque est bordée d'une frange et chargée d'ornemens, tels qu'un lion, une étoile, et surtout d'une infinité de chabots. Il a le bras gauche appuyé sur son casque, dont il embrasse le cimier surmonté d'un large panache : près du casque sont des gantelets et d'autres pièces de son armure.

« L'amiral est décoré de l'ordre de Saint-Michel; il tient à la main son sifflet pour donner l'ordre. Ce sifflet est suspendu à son cou par une chaîne.

« Cette statue est belle, la tête a un caractère vraiment noble, et les détails sont parfaitement finis.

« Elle est placée dans un encadrement d'une composition savante, mais trop riche, trop compliquée, quoique l'ensemble en soit très-bien entendu.

« Sous le tombeau de l'amiral il y a une petite statue couchée. On dit qu'il avoit demandé que ce monument consacrât sa reconnoissance pour un fidelle domestique qui ne l'avoit point abandonné dans ses malheurs, même dans sa captivité [1]. Le sentiment qui dicta cette disposition lui fait honneur, et répare un peu les fautes de son orgueil et de sa foiblesse.

« Les coins du tombeau sont décorés d'ancres diversement entrelacées, de quatre génies qui éteignent leurs flambeaux. Ces quatre génies sont très-beaux.

« La bordure du tombeau, la plinthe et toutes les parties sont semées de chabots, avec une extrême profusion : tout rappelle enfin les titres, les fonctions et la naissance de l'amiral, et paroit avoir été fait pour le consoler après sa mort des humiliations et des peines qu'il eut à souffrir pendant sa vie.

« Ce tombeau est de Jean Cousin, peintre et sculpteur, né à Souci près de Sens en 1589 (*sic*), et un des premiers artistes françois qui se soient fait quelque réputation. D'autres l'attribuent à Paul Ponce; mais la première opinion est la plus suivie et la plus probable.

« Quelques auteurs ont prétendu que ces ornemens étoient gothiques et barbares (2). Il me semble qu'en blâmant leur surabondance, ils auroient dû en même temps admirer leur richesse, leur accord, et leur parfait ensemble.

« Sur la pierre qui sert de base à ce tombeau, on lit cette inscription :

D. O. M. S.

At viventi certè heroi, assiduâ virtute inuidiam, mortuo verò continuâ sospitis virtutis memoriâ mortem propemodum ipsam superare altius (hospes) et perennius decus fiet. Sed quid hoc istic, inquies? Vtrumque tibi fortissimi herois Philippi Chabotii Galliarum Thalassiarchæ testatum esse, breuius forsan quàm fas fuerit, voluerunt manes. Cùm enim ille patrem habens Chabotianâ, matrem Luxemburgæâ stirpe editam, feliciter natus, educatus, excultusque felicius, facundiâ præditus incredibili Francisco I, Galliæ regi, Augustissimo domino suo supra modum dilectus, triplici Torquatorum equitum torque à tribus insignitus regibus, dux quoque Gallicorum centum grauiorum armatorum equitum, vtrique in Franciâ mari occiduo ac eoo præfectus : in Burgundiâ, cujus etiam pater dictus est, ac in Transalpinâ aliquandiù Galliâ, quam, regalibus copiis solus imperans, regio penè totam imperio addixit. Prorex prœliis

[1] Cette interprétation de la statue de *la Fortune renversée* n'a été donnée que par Millin, et elle ne saurait être admise, vu que le sexe de la statue indique que l'artiste n'avait pas l'intention de représenter un domestique, et que la roue qu'on y voit est l'emblème de la *Fortune*.

(2) Piganiol, *Description de Paris*, t. IV, p. 204; et Hurtaud, *Dictionnaire de Paris*, au mot *Célestin*. Cet Hurtaud n'a fait que copier l'ouvrage de Piganiol et lui donner la forme d'un Dictionnaire.

fortiter depugnatis, compositis magnanimiter fœderibus, tot rebus denique terrâ marique, domi ac foris benè gestis claruerit : huic potissima fuit, tum gloria, tum rediuiuæ gloriæ celebritas, tantus ipsius virtutisque comitis de inuidiâ triumphus, ut suæ instar anchoræ, vel more potiùs herculeo contra fluctus fortunam sisteret, ex liuore laudem ampliaret. Hoc viuus ille quod reliquum esse potest, patris obsequiis ut præstaret filius pientissimus. Leonoris Chabotius, magnus Francorum Archippocomus, hoc indelebile forsitan monumentum posuit. Satiene satis superque eis, benè ergò precatus abi, ac virtutem amplexans, inuidiam disce, atque etiam mortem posse despicier. Vale. JODELIUS.

« Cette épitaphe est de la composition d'Étienne Jodelle, premier auteur tragique françois, et l'un des poëtes de la Pléiade imaginée par Ronsard.

« Jodelle avoit du goût pour les arts; ses vers françois ne sont pas lisibles aujourd'hui ; mais il n'en est pas de même de ses poésies latines : le style en est pur, coulant, et du meilleur goût. Il était bon littérateur, et connoissoit parfaitement les auteurs grecs et latins : les mots grecs latinisés dans cette épitaphe en sont une preuve ; elle est expressive, mais obscure.

« Cette épitaphe nous apprend quelques circonstances particulières de la vie de Philippe Chabot : on y trouve surtout une énumération détaillée de ses titres et de ses emplois; il suffira d'y ajouter quelques traits.

« Philippe Chabot avoit été envoyé en ambassade en Angleterre où il reçut l'ordre de la Jarretière. François I, son prince et son ami, l'avoit comblé de grâces, d'honneurs et de dignités. Ce favori fut pris avec son maître à la bataille de Pavie. Bientôt après, il fut envoyé en Piémont avec une armée; il s'y rendit maître de quelques villes, mais les trames des ennemis que ses hauteurs lui avoient faites à la cour, interrompirent ses exploits. Il avoit surtout excité la jalousie et la haine de Montmorenci et du cardinal de Lorraine. Ils le perdirent dans l'esprit du roi qui commença à s'en détacher. Enfin, ils l'accusèrent de malversation, et parviurent par leurs intrigues à faire nommer pour le juger une commission, moyen toujours sûrement employé par des courtisans pervers pour écraser ceux dont ils avoient juré la perte.

« Le chancelier Poyet était à la tête de cette commission. Chabot fut condamné en 1541 à perdre sa charge, et à une amende de 70,000 écus. François I, auquel il avoit répondu avec arrogance, car on ne peut qualifier que de cette manière la hauteur sans fermeté, auroit désiré qu'il eût été condamné à mort, pour jouir du plaisir cruel de lui faire grâce. Poyet étoit aussi peu content de cette sentence que son maître, mais enfin elle étoit portée. Cependant Philippe Chabot, n'ayant pu payer cette amende, fut détenu en prison pendant deux années.

« Voici le commencement de son arrêt : « François, par la grâce
« de Dieu, roi de France; A tous ceux qui ces présentes lettres
« verront, salut : comme les plaintes à nous faites de plusieurs in-
« fidélités, déloyautés et désobéissances envers nous, oppression
« de notre pauvre peuple, forces (1) publiques, exactions indues,
« commissions, impressions, ingratitudes, contemnement (2) et mé-
« pris tant de nos commandemens que défenses, entreprises sur
« notre autorité, et autres fautes, abus et malversations, crimes et
« délits que l'on disoit avoir été commis et perpétrés par Philippe
« Chabot, etc. Savoir faisons que nous avons dit et déclaré, disons
« et déclarons icelui Chabot, être atteint et convaincu d'avoir, mal,
« induement, illicitement, injustement et infidellement, contre les
« défenses par nous, de notre bouche à lui faites, et par impression
« et force publique, sous ombre de son admirauté, pris et exigé ès
« années mil cinq cent trente et six et trente et sept, vingt sols sur
« les pêcheurs de la côte de Normandie, qui esdites années ont été
« aux harangaisons; et la somme de six livres sur chacun bateau
« qui étoit allé aux macquereaux, combien que lui eussions, comme
« dit est, défendu de bouche de rien prendre (3). »

« On voit que rien n'annonce dans ce procès des crimes contre l'État ni de lèse-majesté. On n'y articule que quelques exactions commises envers des pêcheurs, coupables sans doute, et pour lesquelles il méritoit d'être dénoncé, poursuivi et sévèrement puni.

(1) Violences.
(2) Mépris.
(3) Pasquier, *Recherches sur la France*, t. I, p. 550.

Mais ces exactions, dont tant de courtisans et de gens en place on donné le dangereux exemple, n'étoient que le prétexte et non la cause des persécutions qu'il éprouvoit. Poyet, ne trouvant pas de crimes assez forts à lui reprocher, eut l'impudence de l'accuser de celui d'ingratitude, vice détestable sans doute, mais pour lequel on n'a jamais fait le procès à personne.

« Croyant plaire au roi, il força les juges à prononcer contre l'amiral, tellement qu'un d'entre eux mit au bas de sa signature un V uni avec un I pour indiquer qu'il signoit par contrainte : VI.

« Poyet se fit apporter la sentence sous prétexte que, comme président de la commission, il devoit y donner la forme, et il ajouta aux conclusions et malversations dont on y disoit l'amiral convaincu, les mots infidélités et déloyautés. Il y joignit encore à la privation des offices et au bannissement auxquels on le condamnoit, la clause *sans pouvoir être rappelé.*

« Cette rigueur excessive intéressa en sa faveur : la duchesse d'Estampes sollicita vivement le roi. L'amiral obtint la permission de mettre sous les yeux des mêmes magistrats qui l'avoient jugé, quelques pièces qui servoient à sa justification, et qui n'avoient point été produites pendant le cours de la procédure.

« Les commissaires, sans porter atteinte au premier jugement, déclarèrent l'accusé exempt du crime de lèse-majesté et d'infidélité au premier chef. Le roi lui permit de venir à la cour.

« Cette âme si hautaine, abattue par des revers qui auroient dû l'irriter et doubler son énergie, ne sut presque rien trouver pour sa justification. Chabot parut prêt à s'avouer coupable pour obtenir sa liberté et reprendre une faveur dont il auroit dû s'indigner puisqu'elle ne lui rendoit pas sa vertu. « Eh bien, lui dit le roi dès qu'il le vit, vanterez-vous encore votre innocence ? » « Sire, répondit humblement l'amiral, j'ai trop appris que nul n'est innocent devant son Dieu et devant son roi ; mais j'ai du moins cette consolation que toute la malice de mes ennemis n'a pu me trouver coupable d'aucune infidélité envers Votre Majesté. » Philippe Chabot, entièrement vaincu par l'adversité, et ne conservant plus rien de son ancienne fierté, eut la bassesse de demander des lettres de grâce, et fut assez malheureux pour en obtenir.

« Ces lettres le dechargeoient de l'amende et le rétablissoient dans ses emplois : il conserva ainsi ses richesses et ses vaines dignités aux dépens du véritable honneur, puisqu'il s'interdit par là tout moyen de revenir jamais sur ce jugement. Le perfide Poyet, qui dressa ces lettres, non-seulement y inséra mot à mot le premier arrêt, mais il eut encore l'attention d'ajouter qu'il avoit été porté au vu et au su du roi, et muni de son approbation : ce qui acheva de le mettre à l'abri de toute révision.

« Philippe Chabot, courtisan sans politique, glorieux sans générosité, mourut le 1ᵉʳ juin 1543, dans son hôtel situé derrière le prieuré commendataire du petit Saint-Anthoine, rue des Juifs, et il fut inhumé le jeudi suivant dans la chapelle d'Orléans.

« Dès qu'il fut mort, on ne pensa plus qu'à la grande dignité dont il avoit été revêtu.

« Mais Poyet fut bientôt puni lui-même de ses lâches noirceurs ; il reçut le juste châtiment de ses crimes : la condamnation de l'amiral fut une des charges qu'on avança contre lui. La veuve et les héritiers de Chabot poursuivirent la révision de son procès, qui fut déclaré nul en 1545.

« La charge d'amiral que possédoit alors Philippe Chabot ne s'accordoit qu'à des hommes d'une naissance distinguée ; c'étoit une marque signalée de la faveur des rois, et une des premières dignités de l'État.

« J'ai déjà indiqué, dans la description du tombeau, le costume remarquable de Philippe Chabot, sa chemisette, son sifflet, etc.

« Outre les armoiries de sa maison, il avoit pris pour devise ces mots : *Concussus surgo*. Si l'on m'ébranle, je m'élève. » Cette devise altière contribua un peu à exciter la rage de ses envieux et de ses ennemis.

« Thevet a écrit son histoire (1), et Pasquier nous a transmis les détails de son procès (2).

« Thevet a donné son buste, d'après son tombeau aux Célestins, à la tête de son histoire.

« Philippe Chabot fut enterré avec une pompe magnifique. Toutes les paroisses, tous les corps assistèrent à son convoi. »

(1) *Histoire des hommes illustres*, p. 382.
(2) *Recherches de la France*, t. I, p. 549.

Millin donne à la suite une description détaillée du cortége funèbre, d'après l'*Histoire de Paris* de Dom Félibien.

Page 72, ajoutez ce qui suit avant l'article SCULPTURE EN IVOIRE :

Je dois à M. Froment l'indication d'un bas-relief sculpté hardiment sur une pierre funéraire de l'église Saint-Maurice de Sens; j'en donne la reproduction d'après un croquis de M. Froment, revu sur les lieux mêmes par M. Challard, professeur de dessin au lycée de Sens.

Ce bas-relief a été exécuté en 1567, date qui se trouve à la fin de l'inscription funéraire. Qui était ce Guillaume Sotan de Courtenay, qui avait fait faire cette image de sainte Madeleine? On n'a pu le savoir ni à Sens, ni à Auxerre, où M. Quantin, archiviste du département de l'Yonne, a bien voulu se livrer à des recherches non moins infructueuses sur ce personnage.

Ce qui frappe surtout dans cette sculpture, c'est une grande analogie avec la composition du tableau de J. Cousin, *Eva prima Pandora,* comme on pourra en juger par la reproduction que j'en donne aussi, mais seulement d'après un dessin fait de mémoire en 1814 par un admirateur du maître sénonais, alors que ce tableau appartenait à M. de Bonnaire, chez lequel Millin l'avait examiné et l'avait dessiné aussi de mémoire. Son dernier propriétaire, M. Chaulay, n'a jamais voulu non plus, de son vivant, permettre d'en faire une copie, et sa veuve s'est également refusée à mes sollicitations, par respect pour la mémoire de son mari. La pose des deux figures est la même; le vase sur lequel s'appuie la main gauche a le même contour; le serpent enlacé au bras d'*Eva Pandora* se retrouve aussi dans le bas-relief où il est représenté sortant d'une ruine. On remarquera que la présence du serpent ne s'explique guère ici, car ce reptile n'apparaît jamais comme un des symboles de sainte Madeleine.

Quel est l'auteur de ce bas-relief qui semble être une réminiscence complète du tableau de J. Cousin? Est-ce une œuvre faite à la hâte par cet artiste lui-même? On aimerait à le croire. En effet, le style en est noble; la coiffure de la tête a beaucoup d'analogie avec d'autres qui se retrouvent dans ses œuvres. La sécheresse de la sculpture pourrait être attribuée, selon la remarque de M. Challard, « à une intention bien arrêtée de l'artiste de dépouiller la sainte de ce qui séduit chez la femme, et de faire ainsi une vive opposition à la Pandore qui est si élégante» . Le défaut dans l'exécution de la jambe gauche pourrait s'expliquer par un éclat qui se serait produit dans la pierre, ou bien l'artiste aurait peut-être confié l'achèvement de quelques détails à une main moins habile. Je livre ces questions à l'appréciation de tous.

Il en résulte néanmoins que le tableau d'*Eva prima Pandora* a été exécuté avant 1567, et qu'il devait jouir à Sens d'une célébrité qui a pu en motiver l'imitation, tout incomplète et imparfaite qu'elle soit.

Page 76, ajoutez à la fin :

Le Cabinet des estampes de notre Bibliothèque de France possède un très-beau dessin de Jean Cousin destiné à l'une de ses verreries de la chapelle de Vincennes. Il représente, dans deux morceaux séparés, comme ils le sont dans la verrerie, l'un Henri II agenouillé, l'autre son livre ouvert sur un pupitre soutenu par un ange. L'exécution du dessin, par sa précision et sa perfection, est bien supérieure au vitrail, et nous donne un beau spécimen du mérite de Jean Cousin.

Page 92, ajoutez après le premier alinéa :

Personne ne regrette plus que moi qu'on n'ait pu découvrir aucun document constatant la réalité des attributions à Jean Cousin des verreries des églises de Sens.

M. Quantin, archiviste de l'Yonne, avait soigneusement relevé avant 1869, dans les comptes de la fabrique de la cathédrale de Sens, depuis 1526 jusqu'en 1565, tout ce qui concernait « maistre Jehan Cousin, painctre ». Ce qu'il a trouvé se borne à des travaux de peu d'importance et autres que ceux de verrerie.

Mais, par contre, les deux principaux vitraux de Sens attribués à Jean Cousin, *la Vie de saint Eutrope* et *la Sibylle Tiburtine,* exécutés l'un en 1530, l'autre après 1545, ne se trouvent même pas mentionnés dans ces comptes dont la série pourtant ne présente aucune lacune. M. Quantin croit qu'on peut en tirer cette conclusion, qui explique tout, c'est que ces deux vitraux ont été faits aux frais des restaurateurs ou fondateurs des chapelles où ils se trouvent : le chanoine Nicolas Richer, mort en 1534, très-probablement parent de Jean Cousin, et Nicolas Fritart, neveu et successeur de Richer, et que par conséquent aucun paiement à cet égard n'a pu figurer dans les comptes de la fabrique de la cathédrale.

Un fait vient en effet à l'appui de cette explication. En 1530, année de l'exécution du vitrail représentant la vie de saint Eutrope, le même chanoine Nicolas Richer enregistre deux mentions suivantes dans les comptes des dépenses de la fabrique de la cathédrale :

« Payé à Jehan Cousin pour avoir mis à point le petit « orloge de l'église, 100 sous. »

« Payé à Jehan Cousin, painctre, 110 sous pour avoir « *raccoustré* (sculpté) et painct ung ymaige de Nostre- « Dame, près la porte du cuœur, devant le trésor, et « avoir raccoustré pareillement l'épitaphe dessoultz « escript, suivant marché fait. »

Cette dernière note démontre que déjà en 1530, c'est-à-dire dans sa jeunesse, Jean Cousin maniait le ciseau et sans doute avec un certain succès.

Il résulte des mentions que je viens de rapporter que si le vitrail de saint Eutrope avait été fait aux frais de la cathédrale, le chanoine Richer n'aurait pu manquer d'enregistrer la dépense à côté de deux autres bien moins élevées.

Dans les vitraux en question, la disposition architec-
turale domine par sa grandeur et son caractère tout
particulier; le style conserve la même supériorité que
dans le vitrail de la *Sibylle Tiburtine* du château de
Fleurigny.

Je possède des aquarelles de ces trois vitraux, faites
pour moi, avec autant de soin que de talent, par M. Challard, professeur de dessin au lycée de Sens. Les signes
caractéristiques de Jean Cousin sont moins apparents
dans ceux de Sens que dans celui de Fleurigny dont je
donne ici une reproduction en couleur.

Page 108, *à la place du premier alinéa, mettez:*

Jean Cousin apparaît aussi comme *géomètre-arpenteur*,
et c'est ainsi qu'on le voit figurer dans le premier *acte*
où il soit parlé de lui. Dans le procès-verbal d'Ambroise
Luillier, lieutenant du bailli de Sens, du 2 octobre 1526,
« Jehan Cousin, *peintre*, demeurant à Sens», est désigné
pour « *figurer et pourtraire* les lieux contentieux ». Il
s'agit de la délimitation de la terre de Saint-Valérien
avec celle de Fouchères, appartenant au Chapitre cathé-
dral de Sens. Il y est dit plus loin que deux bornes
« seront portraites et figurées par ledit Cousin, peintre,
« auquel avons ordonné de ce faire ».

Mais le chapitre, ayant élevé des doutes au sujet du
travail de Jean Cousin, demanda que l'opération fût
contrôlée par un autre géomètre, et à cet effet on requit
qu'elle fût refaite contradictoirement avec Jehan Hympe,
aussi peintre, demeurant à Sens, et que tous deux, après
avoir prêté serment, décidassent du placement de
ladite borne, dont la figure devait être faite par eux
deux (1).

En 1530, Jean Cousin dressa le plan de l'enceinte du
village de Courgenay pour les religieux de Vauluisant,
en vertu de la permission de François I⁰ʳ. Ce plan n'a
pas été retrouvé, mais les détails en sont consignés dans
l'inventaire des archives de l'abbaye, conservé aux archives de l'Yonne (2).

Dans un acte du 12 août 1545, le même Ambroise
Luillier, lieutenant du bailli de Sens, constate que
« Jehan Cousin, peintre, *demeurant à Paris* », a été
désigné, dans le cas où il serait à Sens, comme expert
géomètre pour la délimitation de la terre de Thorigny
appartenant à Jean Juvenel de Belleville, avec la terre
voisine appartenant au chapitre de la cathédrale de
Sens, et aussi pour lever le plan de maisons situées au
Grand-Courtil, au Champ-du-Chapitre et rue Champe-
noise. En cas d'absence, il devait être remplacé par Ber-
trand Aubry, *peintre* à Sens.

Page 161, *ligne 3 et suivantes :*

Il convient de modifier l'opinion que j'ai émise sur la
non-existence d'une édition en petit format du *Novum*

Testamentum, antérieure à 1556, annoncée par Groulleau
et citée par La Caille. En effet, puisque, sur les *dix* éditions de la *Bible de Leclerc,* il n'existe de la première (du
moins à ma connaissance) que deux fragments, l'un
dans la bibliothèque de M. Destailleurs, l'autre dans la
mienne, et que sur les autres neuf éditions il est très-
rare d'en voir figurer dans les ventes, bien que la
grande dimension du format ait dû en rendre la destruction moins facile, il n'est pas étonnant que les petits
volumes dans lesquels ont figuré les petites gravures
de Jean Cousin aient presque totalement disparu.

C'est ainsi qu'on ne connaît que deux exemplaires de
la *Tapisserie de l'église chrestienne,* l'un à notre Bibliothèque de France, l'autre dans la mienne, et un seul
exemplaire des *Fables d'Esope,* cité par Papillon, que
j'ai découvert dans la précieuse collection de M. Yeme-
niz d'où il a passé dans la mienne. De même, après de
longues et infructueuses recherches dans nos bibliothèques de Paris, c'est seulement chez le baron Pichon que
j'ai rencontré un exemplaire de la première édition du
Miroir de Prudence par Jean Cabosse (Paris, D. Janot,
1541, pet. in-8) avec figures de J. Cousin, et aucun
exemplaire de *six* autres éditions du même ouvrage ne
se trouve dans notre Bibliothèque de France.

Je possède le seul exemplaire complet des Antiquités
de Flavius Joseph, in-fol., avec figures de Woeiriot, et
aucun biographe n'a décrit une Bible, de Lyon, 1568,
avec figures sur bois gravées par Escricheus (Cruche),
artiste de talent. Cette bible, dont je possède une seule
planche, ne se trouve dans aucune de nos bibliothèques.
La rareté de tant de livres anciens ornés de gravures
s'explique par ce fait qu'ils ont dû devenir la proie des
enfants et être découpés pour leur amusement.

Page 183, *ajoutez avant le premier alinéa :*

Dans un article d'une sage et bienveillante critique,
M. Georges Duplessis, en rendant justice à mes efforts
pour pénétrer le mystère qui entoure les œuvres de Jean
Cousin, reconnaît que l'addition considérable faite à la
planche p. 4 du *Songe de Poliphile* ajoute un grand
poids à l'opinion qui me fait attribuer à Jean Cousin,
plutôt qu'à Jean Goujon, le *redessinage* des compositions
anonymes de l'édition originale imprimée par Alde (1).
Quant à l'objection qu'il fait de ne point rencontrer dans
les autres planches redessinées par Jean Cousin les
signes caractéristiques qui lui sont propres, cette absence
peut s'expliquer en ce que ce sont généralement les
figures seules qui ont été retouchées, la disposition de
l'ensemble restant la même. Cette seule planche per-
mettait à Jean Cousin une notable addition architec-
turale, d'une part, attendu que le texte l'exigeait en
quelque sorte, et ensuite parce qu'il suffit de jeter les yeux
sur la planche de l'édition originale d'Alde (voir ci-
après la reproduction de ces deux planches), pour recon-

<hr>

(1) Archives de l'Yonne, G. 1409. Acte rapporté par M. Quantin dans sa *Note
sur Jean Cousin.* (Extrait du *Bulletin de la Soc. des sciences histor. de l'Yonne,*
1869.)

(2) Voir la Notice de M. Quantin.

<hr>

(1) Quant à la supposition de Papillon en faveur de Woeiriot, la connaissance que nous avons maintenant de l'époque de sa naissance, en 1532, en démontre l'impossibilité. (Voy. l'*Étude sur Jean Cousin*, p. 184.)

naître la *nécessité* de la compléter, afin de remplir un vide choquant. M. Duplessis croit qu'on pourrait retourner l'argument contre moi, vu la présence de cette seule planche avec le paysage *à la Cousin*, pour en conclure que toutes les autres gravures de ce livre, n'offrant pas ces mêmes caractères, ne sauraient être attribuées à cet artiste. Cette conclusion ne me paraît pas possible, car, une fois admis qu'une seule planche porte tout le caractère de Jean Cousin, on doit convenir que les autres, bien qu'elles ne soient pas ornées de paysages à sa façon, du moment qu'elles offrent l'identité du style et de la manière, ne sauraient être attribuées à un autre, à moins de preuves contraires. A cet égard, je dois répéter ce que j'ai dit dans mon introduction, que c'est sur le caractère essentiel du dessin qu'il faut d'abord s'appuyer, et non exclusivement sur la présence ou l'absence des particularités des paysages propres à Jean Cousin, pour lui attribuer ou dénier une œuvre.

Page 226, ajoutez :

Le rév. P. Cahier, auquel je me suis adressé pour avoir l'explication de ce monogramme ⨂ qui figure sur les manuscrits ayant appartenu au grand écuyer Claude Gouffier, m'a déclaré ne pouvoir expliquer le sens de ce *chrisme* d'une manière satisfaisante, d'autant que ce monogramme se trouve sur un tableau de Raphaël de notre musée.

Je crois en avoir pénétré la signification.

La forme ronde qui domine dans ce monogramme est la lettre O, initiale du mot Oiron, ce séjour alors fortuné, et l'objet de l'affection particulière que lui portait ce grand ami des beaux-arts, l'opulent Claude Gouffier. La barre perpendiculaire est la lettre I : nous avons donc OI (entouré d'un *rond*), ce qui donne *Oiron*, sorte de *rébus* pareil à tant d'autres si fréquents à cette époque. Le tout est dominé par la lettre X, désignant le Christ.

Cette interprétation que je crois vraie, et que d'autres trouveront ingénieuse, me paraît confirmée par l'étymologie du mot.

L'origine du mot *Oiron* est ainsi expliquée dans l'excellent ouvrage de M. Benj. Fillon, *l'Art de terre chez les Poitevins* (Niort, 1864), au chapitre intitulé : *le Château d'Oiron. Artistes qui y ont travaillé.*

« Le premier volume du terrier ou censif de la court « et haute justice d'Oiron s'ouvre par une notice histo- « rique, que rédigea jadis le feudiste chargé de mettre « un peu d'ordre dans le chartrier. Elle débute ainsi :

« La seigneurie d'Oiron tire son nom d'une plaine « considérable. En hiver cette plaine est couverte d'oies « sauvages, et comme ces animaux, en volant par « bandes, forment des lettres, l'O ou le cercle est celle « qui a paru la plus commune aux premiers habitants « de ce pays ; ce qui, joint à son local, l'ont fait nommer « Rond d'oies, pays aux oies, d'où sont venus les mots « d'Oiron et de pays oironnais. »

Claude Gouffier, qui avait fait un noble emploi de sa fortune pour l'embellissement de ce beau séjour, voulut même indiquer son vœu d'y terminer sa vie par cette devise :

Hic terminus hæret,

rappelant ainsi ces vers de Virgile :

Si tangere portus,
Infandum caput ac terris adnare necesse est,
Et sic fata Jovis poscunt, hic terminus hæret.

Le sens que je donne à cette devise se trouve confirmé par la découverte que j'ai faite, dans un recueil de dessins *architecturaux* appartenant au Cabinet des estampes et représentant des monuments funéraires, d'un dessin où une grande dalle, destinée à recevoir une inscription, est accompagnée, à droite et à gauche, d'une branche de cyprès et surmontée des armes de Claude Gouffier, que soutiennent deux squelettes. Sur la première des fasces du blason est écrit le mot *Libertas*, qui complète la devise *Hic terminus hæret.* C'est ainsi qu'après *le repos* vient *la liberté* dans la mort.

Plusieurs têtes de mort accompagnent cette table funéraire.

Page 240, ajoutez avant le quatrième alinéa :

Le dessus de la grande cheminée qui ornait la salle principale du château d'Anet a complétement disparu. Heureusement, en 1642, un habile artiste en fit un dessin, au bleu et au bistre, qui s'est conservé dans le précieux recueil des œuvres de l'école française formé, pendant plus d'un demi-siècle, par les soins de M. de Baudicour (1). J'en donne un fac-simile supérieurement exécuté sous la direction de M. Aug. Racinet. Dans le tableau, entouré d'un riche cadre, on reconnaît tout ce qui caractérise le talent de Jean Cousin, auquel, comme nous le savons, furent confiées, par Philibert de Lorme, les peintures du château.

(1) M. de Baudicour, en mourant, ne voulut pas que cette précieuse collection, unique en son genre, fût dispersée après lui, et il la légua, avec clause de la garder, à son fils M. Collette de Baudicour, mon ancien collègue au Conseil municipal de la ville de Paris.

ERRATA

POUR LE VOLUME : Étude sur Jean Cousin.

Page IX, ligne 23, *au lieu de* : prussien, *lisez* : wurtembergeois.

— 2, note 1, ligne 8, *après ces mots* : M. le curé de Soucy, *ajoutez* : Urbain Prunier.

— 2, ligne 5, *au lieu de* : Prunay, *lisez* : Prunier.

— 5, ligne 23, *au lieu de* : Descaurres, *lisez* : Des Caurres.

— 7, ligne 3, *au lieu de* : 1545, *lisez* : 1547.

— 8, note, ligne 4, *au lieu de* : a été donné par M. C. de Bonnaire au curé de Soucy, *lisez* : a été acheté par M. Urbain Prunier, curé de Soucy.

— 13, note 2, ligne 2, *au lieu de* : 1400 à 1450, *lisez* : 1540 à 1550.

— 18, note 3, *au lieu de* : Destailleur, *lisez* : Destailleurs; — *au lieu de* : Beaudicourt, *lisez* : de Baudicour; — *au lieu de* : Daligand, *lisez* : Déligand.

— 51, ligne 8, *effacez la phrase* : M. le comte Clément de Ris partage aussi cette opinion.

— 55, ligne 24, *au lieu de* : porte le titre de *chevalier* de Boisi, *lisez* : porte le titre de *seigneur* de Boisi.

— 64, ligne 6, *au lieu de* : 1727, *lisez* : 1724.

— 66, ligne 14, *au lieu de* : Dom Brice, *lisez* : Germain Brice.

Page 74, ligne 7, *au lieu de* : Lelièvre, *lisez* : Lièvre.

— 74, ligne 14, *au lieu de* : Etienne, *lisez* : Édouard.

— 80, ligne 6, *après ces mots* : et de Paris, *ajoutez* : mais qui n'étaient encore que des mosaïques en vers coloriés.

— 89, ligne 4, *au lieu de* : Antoine, *lisez* : Nicolas.

— 90, ligne 8, *au lieu de* : plutôt, *lisez* : plus tôt.

— 90, ligne 12, *au lieu de* : Fritard, *lisez* : Fritart.

— 103, ligne 15, *ajoutez à la fin* : avant l'année 1534.

— 126, note, ligne 3, *au lieu de* : les *Harmoniæ evangelicæ*, Paris, Denys Janot, est de 1544, *mettez* : le *Miroir de prudence*, par Jean Cabosse, Paris, Denys Janot, est de 1541.

— 139, *effacez la note et son renvoi.*

— 144, note, ligne 6, *au lieu de* : Alexis de la Avella, *lisez* : Alexis de la Roche.

— 175, ligne 21, *au lieu de* : besoigner, *lisez* : besongner.

— ligne 22, *au lieu de* : demoyselles, *lisez* : damoyselles.

— ligne 24, *au lieu de* : passements, *lisez* : passemens.

— 190, ligne 25, *au lieu de* : 682, *lisez* : 652.

INDICATION DES PLANCHES

(1) Les renvois entre parenthèses s'appliquent à mon ouvrage : *Étude sur Jean Cousin*.

Fig. 1. — PORTRAIT DE JEAN COUSIN.

D'après la gravure d'Édelinck (voir page 62 de l'*Étude sur Jean Cousin*).

(Son authenticité est douteuse.)

Fig. 2. — PORTRAIT DE JEAN COUSIN.

D'après son tableau du *Jugement dernier*, Musée du Louvre. (Page 62.)

Fig. 3. — Frontispice du *Livre de Perspective*; Paris, Ichan le Royer, 1560, in-fol. (page 113). Reproduction en *fac-simile* par M. Pilinski (grandeur de l'original).

L'IMPRIMEVR AV LECTEVR.

I pour mon commencement, Amy Lecteur, i'entreprens imprimer liures difficiles & de grands frais, cela ne me doit eftre imputé à temerité ou folie, comme on faict communement à touts ceux qui ne fuiuent l'opinion deprauee des bons menafgiers du temps prefent, qui difent

Qu'vn chafcun doit auec peu de defpence

Acquerir biens qui foient de grand' fubftance :

car par l'inftitution qu'on m'a donnee depuis mon ieune aage, i'ay toufiours eftimé que l'humaine felicité confiftoit à f'employer pour le public : confiderant que pluftoft le proffit que la Republique pouuoit rapporter de noftre labeur, que l'aquifition des grans biens & trefors du monde. Ainfi auffi ont vefcu touts ceux qui ont voulu fuiure la vertu, comme toutes hiftoires nous tefmoignent : & moy les defirant imiter, felon la vacation en laquelle il a pleu à Dieu m'appeller : m'eftant prefenté par maiftre Iehan Coufin (en l'art de Portraicture & Peincture non infime à Zeufis, ou Appelles) vn liure de la pratique de Perfpectiue, par luy compofé, & les figures pour l'intelligence d'iceluy neceffaires, portraittes de fa main fus planches de bois : i'ay accepté laditte offre, & ay taillé la plus grand' part defdittes figures, & quelques vnes qui au parauant eftoient encommencees par maiftre Aubin Oliuier, mon beau frere, les ay paracheuees, & mifes en perfection, felon l'intention dudit Autheur, fçachant que le prefent liure dönera inftruction à vn million d'hommes de bien portraire toutes chofes apres le naturel, fans trauail de corps & d'efprit, ains pluftoft auec grand contentement qui procedera de la raifon, que trouueras dans ceft œuure defcritte. Ce qui n'eft chofe de peu de pris, veu que fi nous voulons confiderer tout ce qui eft foubz la concauité des cieux, nous confefferons la Portraiture eftre mere & tutrice de touts arts, & de ce qui eft digne de memoire. Cela nous tefmoigne affez Iofephus en fon liure de la guerre des Iuifs, quand il parle de deux Colomnes, l'vne de terre, & l'autre de cuiure, qui furent conftruittes par les filz d'Adam, auant le deluge, fur lefquelles les fept Arts Liberaux eftoient defcrits, infculpez & leurs figures portraittes. Les Egyptiens & Perfes quand ils efcriuoient, ils paignoient certains animaux, par la propre nature defquels ils s'entendoient, comme f'ils euffent efcrit felon noftre commun vsage. Ie t'en pourrois dire d'auantage, n'eftoit que par le liure cognoiftras cent fois plus que ie ne t'en pourrois defcrire. Et fi ie cognois que ce mien premier coup d'effay te plaife, cela m'incitera d'imprimer chofes non de moindre importance & proffit. Parquoy à fin que m'excufes, me recommanderay à tes bonnes graces, & ce prefent liure auffi, lequel f'il te plaift, corrigeras à l'endroit ou trouueras faute, fans aucunement murmurer ne mefdire de ceux qui l'ont miz en lumiere. Et prieray Dieu, Amy Lecteur, te donner ce qu'en luy tu defires.

Liure

Fig. 4. — Avertissement de l'imprimeur du *Liure de Perspective*.

IEHAN COVSIN AV LECTEVR.

AMY Lecteur tu as icy vn mien œuure, contenant les premieres Reigles de l'art de Perspectiue, que i'eusse voluntiers desdié & adreßé au Roy ou à quelques Princes & grans Seigneurs, selon que coustumierement il se faict, si i'eusse senty de l'eloquéce & sçauoir assez en moy pour m'y oser adresser. Ie l'eusse semblablement voluntiers laisse aller auecq' ses figures simples, s'il n'eust deu tüber qu'es mains des experts, & exercez en l'art, qui d'eux mesmes & à la simple veue de la figure eussent peu cognoistre & voir ce qui en est. Mais i'ay voulu seruir aux rudes & ignorans qui voudront en cognoistre quelque chose, & satisfaire à l'instäte poursuite de mes bons seigneurs & amys, amateurs de cest Art, qui m'en ont à tant de fois requis & prié, qu'il ne m'a esté possible les esconduire, & m'exempter d'en mettre dehors quelque chose. En quoy veritablement i'ay esté d'autant plus hardy, qu'il me sembloit bien que l'experience que i'en ay faitte par long temps me deuoit auoir laissé quelque ingement & cognoissance pour en pauuoir parler à l'instruction & auancement des nouueaux & non experimentez en l'art, & au contentement des amys qui m'en ont si instamment requis. Cest Art consiste en reigles & sections de lignes certaines, selon qu'il se pourra voir par ce qui est contenu en ce present œuure. Et se verra encores plus amplement par le second œuure: auquel seront represenees les figures de touts corps, mesmes des personnages, arbres, & paysages, pour entendre & cognoistre en quelle situation, forme & grandeur ilz doiuent estre representez selon cest art: lequel œuure, auec l'ayde de Dieu, i'espere bien tost faire sortir en lumiere: si ie cognois ce mien premier labeur t'estre aggreable. Qui est ce que ie demande de toy pour toute recompence.　　　　A Dieu.

A iij

Fig. 7. — *Paysage*, tiré du *Livre de Perspective*, f. Mij. Reproduction en *fac-simile* par M. Pélinski (grandeur de l'original).

Fig. 9. — *Eva Pandora.*

Fig. 10. — *Psyché.*

Fig. 11.

Fig. 12.

Fig. 13.

Fig. 14.

Fig. 15.

Fig. 16.

Fig. 8. — Figure tirée du *Livre de Perspective*, fol. C 4 verso (grandeur de l'original).

Fig. 17.

Fig. 18. — *Soufflet.*

Fig. 19.

Fig. 20.

Fig. 21.

Fig. 22.

Fig. 9 à 22. — Initiales tirées du *Livre de Perspective* de Jean Cousin. Reproduction en *fac-simile* par M. Pilinski.

Fig. 23. — Marque moyenne de Iehan le Royer (page 187).
Reproduction en *fac-simile* (grandeur de l'original).

Fig. 24. — Emblème déderien de Charles IX dans l'encadrement.
Reproduction en *fac-simile* par M. Pilinski (grandeur de l'original).

Fig. 25. — Portrait d'Ambroise Paré, tiré du volume :
La Méthode curative des playes; Paris, Iehan le Royer, 1561, in-8.
Reproduction en *fac-simile* par M. Pilinski (grandeur de l'original).

Fig. 26. — *Paysage*, tiré du volume *Usaige de l'Holomètre*; Paris, 1555, grand in-4°, page 27 (page 186).
Dessiné et gravé sur bois (grandeur de l'original).

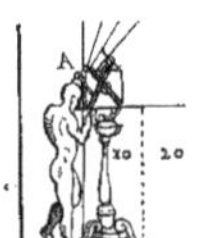

Fig. 27.

Fig. 28. — Fragments des figures tirées du volume *Usaige de l'Holomètre*.
Dessinés et gravés sur bois (grandeur de l'original).

Fig. 19. — *Le Sauveur descendu de la Croix.* Gravure sur cuivre portant la signature de Jean Cousin. Reproduction en *fac-simile* par le procédé Dujardin (grandeur de l'original).

Fig. 3o. — *Le Sauveur descendu de la Croix.*
Dessin lavé au bleu d'Inde, largeur : o,2o8, hauteur : o,25o.
(Collection de M. Ambroise Firmin-Didot.)
Reproduction en *fac-simile* par le procédé Durand.

Fig. 3r. — *Jugement dernier* (Fragment du tableau du Musée du Louvre).
Gravure tirée de l'*Histoire des peintres.*

Fig. 32. — *Jugement dernier* (Fragment du tableau du Musée du Louvre). Gravure tirée de l'*Histoire des peintres.*

Fig. 33. — *Un combat fantastique*. Tiré du roman de chevalerie :
Gérard d'Euphrate; Paris, Étienne Groulleau, 1549, in-folio (fol. 23).
Reproduction en *fac-simile* par le procédé Durand.

Fig. 34. — *Visite rendue à Ortande, reine des Fées, par un roi nain.*
Tiré du roman de chevalerie : *Gérard d'Euphrate* (fol. 9).
Reproduction en *fac-simile* par le procédé Durand.

Fig. 35. — *Les Chevaliers enchantés*. Tiré du roman de chevalerie :
Palmerin d'Olive, Paris, Kstienne-Groulleau, 1553, in-folio (fol. 225).
Reproduction en *fac-simile* par le procédé Durand.

Fig. 36. — Scène de l'Apocalypse (chap. ix, v. 13).

Fig. 37. — Scène de l'Apocalypse (chap. viii, v. 10).

Vitraux de la chapelle de Vincennes. D'après Lenoir, *Musée des monuments français*, t, vi, p. 11, et t. viii, p. 99 (Relief par Gillot).

LA SIBYLLE TIBURTINE

Vitrail de JEAN COUSIN

à Fleurigny _ Yonne

Fig. 38.

Fig. 39. — *Défaite des Amalécites.* Vitrail, en partie détruit, de la chapelle du château d'Anet.
D'après Lenoir, *Musée des monuments français*, t. viii, p. 97 (Relief par Gillot).

Fig. 40.

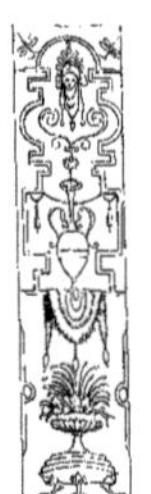

Fig. 41.

Fig. 42.

Fig. 43.

Fig. 44.

Fig. 40 à 44. — Fragments de vitraux peints en grisaille et détruits en 1085.
Ils ornaient la chambre à coucher de Diane de Poitiers au château d'Anet.
Dessinés en 1786 par A. Lenoir, d'après un manuscrit, et tirés de son ouvrage (Relief par Gillot).

DESSUS DE CHEMINÉE DU CHATEAU D'ANET

FAC-SIMILE DU DESSIN APPARTENANT A Mr DE BEAUDICOUR (Grandeur de l'original)

Fig. 45

Fig. 46. — Frontispice du *Livre de portraicture* de Jean Cousin; Paris, Jean Le Clerc, 1595, in-4°. (Voy. p. 118.)
Reproduction en *fac-simile* par le procédé Durand (Réduction de moitié).

Fig. 47. — *Trespas de Moyse et comme Josué lui succéda*, gravure de la p. 92 des *Figures de la Bible*; Paris, Jean Le Clerc, 1614, in-fol. (Voy. p. 142.)
Reproduction en *fac-simile* par le procédé Durand.

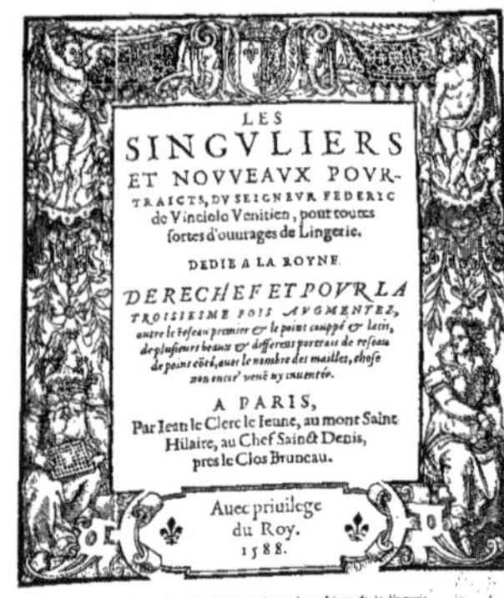

Fig. 48. — Frontispice qui avait servi au *Livre de la lingerie* par D. Sera, augmenté par Jean Cousin; Paris, Hiér. de Marnef, 1584. (Voy. p. 172.)
Reproduction en *fac-simile* par le procédé Durand.

Fig. 49. — Eau forte inconnue, appartenant à M. de Baudicour.
Reproduction en *fac-simile* par le procédé Dujardin (grandeur de l'original).

Fig. 50. — *La Sainte Famille*. Gravure en taille douce portant les initiales de Jean Cousin. (Voy. p. 109 de mon *Étude*.)
Reproduction en *fac-simile* par le procédé Dujardin, d'après l'exemplaire appartenant à M. de Baudicour (grandeur de l'original).

Fig. 52.

Fig. 52. — Tombeau de l'amiral Chabot. Gravé sur bois.
(L'encadrement d'après Millin; statue d'après l'original.)

Fig. 53.

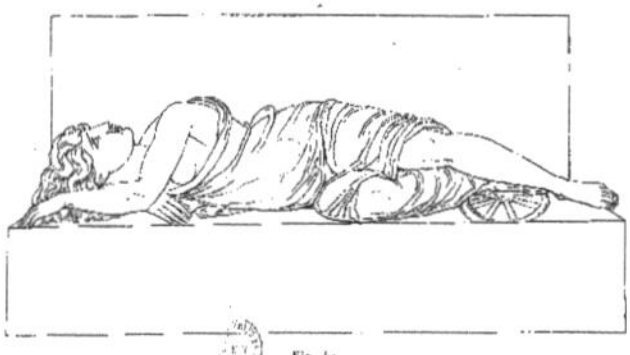

Fig. 54.

Fig. 52 à 54. — Détails de l'encadrement. D'après l'ouvrage de Vauthier et Latour :
Monuments de sculpture anciens et modernes; Paris, 1812, in-fol.

Fig. 45. — Statue de l'Amiral Chabot (Musée du Louvre). D'après Lenoir, *Musée des monuments franç.*, t. viii, p. 39 (Relief par Gillot).

Fig. 56. — Histoire de la ville de Sens.
Manuscrit de Taveau.
Reproduction en *fac-simile* de la première page
par M. Pilinski (Réduction de moitié).

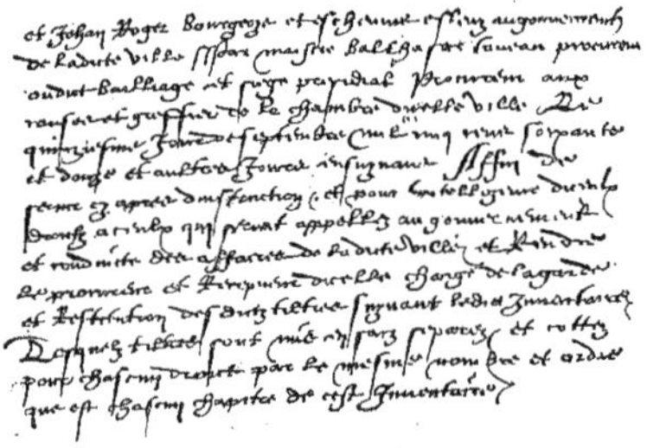

Commencement de la seconde page.

IEHAN Cousin natif d'un village nommé
Soucy en la banlieue de Sens , peintre fort gentil
et d'excellent esprit . a monstré par les belles
peintures quil a delaissées a la posterité la
subtilité de sa main . & a faict cognoistre que la
france se peult vanter quelle ne cedde en rien aus
gentils espritz qui ont esté es aultres pays . Il a
faict des tableaux de peinture tresingenieuse.
& artiste, qui sont admirez par tous ouuriers
experts en cet art , pour la perfection de l'ouurage.
auquel rien ne deffault . Oultre ce il estoyt
entendu . a la soulpture de marbre , Comme le
tesmoigne assez le monument du feu Admiral
Chabot en la chappelle d'orleans au monastere.
des Colestins de paris quil a faict et dressé,
& monstre l'ouurage l'excellent de l'ouurier .
Il ne se contenta de fes paroistre ses ouurages par
la peinture et sculpture . Mays encores il voulut .
communiquer a la posterité ce qu'il auoit d'excellent
en son art . & a laissé par escript vn liure
de la perspectiue Imprimé a paris en lan M D.
LX par Jehan royer, qui est somme vn directoy
re aus peintres pour pouuoyr representer en
tableaus auec la geometrye toutes figures de
palays , maisons, bastimens. et choses qui se
peuluent veoyr sur la terre soyent haultes ou
basses par raccourcissement selon l'esloignemem
de la veue ou distance . Auquel liure il a
mis les figures necessaires pour l'intelligence
qu'il auoyt luy mesmes pourtraictes de sa
main sur planches de boys . # Il mourut a .
    le   Jour de.
M . D . LX   plus riche de nom que de bien.
de fortune quil a toute sa vye negligez , comme
tous hommes de gentil esprit faisans profession
des artz et sciences s'y sont peu arrestez
vn aultre liure qui est aussy Imprimé des raccurcissons
des membres humains en laict de peinture

Fig. 57. — Notice sur J. Cousin tirée du manuscrit de Taveau.
Reproduction en *fac-simile* par M. Pilinski (grandeur de l'original).

Fig 58 _ EVA PRIMA PANDORA . Tableau appartenant à Mme veuve Chodley, à Sens

Redessiné par M^r AUG. RACINET d'après un dessin fait en 1814 et autres documents.

Fig 59 _ SAINTE MADELEINE. Bas-relief funéraire, à l'église Saint-Maurice de Sens

(Gravure du...)

PL. 22

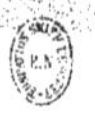

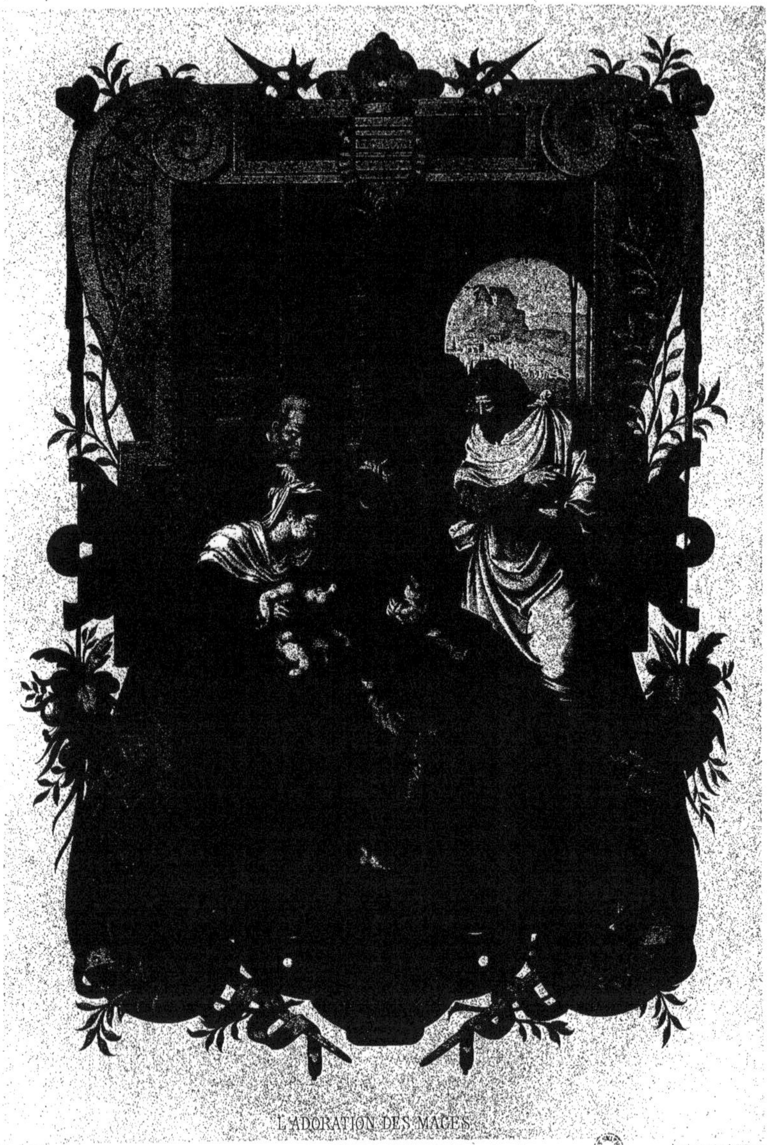

L'ADORATION DES MAGES

Durin lith.

Imp. Lemercier & Cie Paris

Miniature de JEAN COUSIN tirée du

BRÉVIAIRE de CLAUDE GOUFFIER

Grand écuyer de France

Bibl. de Mr Ambroise Firmin-Didot

Fig. 60.

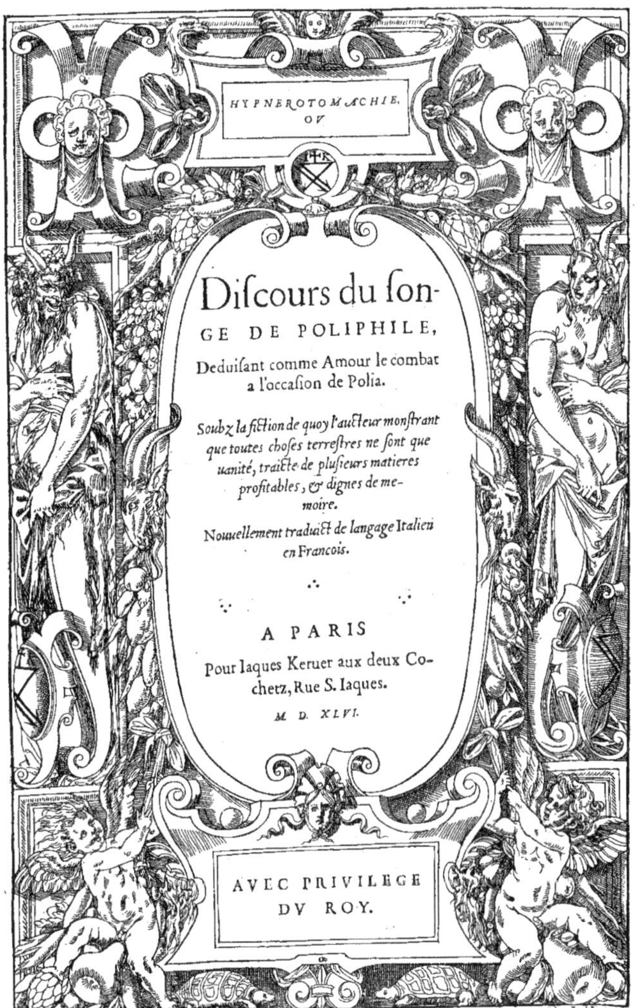

Fig. 61. — Encadrement du titre du *Songe de Poliphile*; Paris, 1546, in-fol. (voy. p. 178.)
Reproduction en *fac-simile* par M. Pilinski (grandeur de l'original).

Fig. 62. — Gravure tirée du *Songe de l'Œliphile* (fol. 4 recto); Paris, J. Kerver, 1546, in-fol.
Reproduction en *fac-simile* par M. Pilinski (grandeur de l'original).

Fig. 62 bis. — Gravure tirée de l'*Hypnerotomachia*; Venise, Alde, 1499, in-fol.
(Pour servir de comparaison avec l'imitation ci-dessus.)
Reproduction en *fac-simile* par M. Pilinski (grandeur de l'original).

Fig. 63.

Fig. 65. — Marque de l'imprimeur
Gilles de Richeboys, de Sens.
Reproduction en *fac-simile*.

Fig. 66.

Fig. 67.

Fig. 64. — Marque de Gilles Richeboys.
Reproduction en *fac-simile*.

Fig. 68.

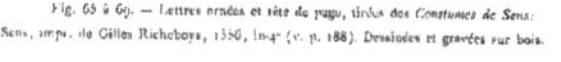

Fig. 69.

Fig. 63 à 69. — Lettres ornées et tête de page, tirées des *Constumes de Sens*:
Sens, impr. de Gilles Richeboys, 1556, in-4° (v. p. 188). Dessinées et gravées sur bois.

Fig. 70. — *Festin d'Assuerus et de Vasthy, sa femme. Première planche de l'Histoire d'Esther, suite gravée sur bois. Reproduction en fac-simile par M. Pilinski (grandeur de l'original).*

Fig. 71. — *Couronnement d'Esther par le roi. Deuxième planche de l'*Histoire d'Esther*, suite gravée sur bois. Reproduction en *fac-simile* par M. Pilinski (grandeur de l'original).

Fig. 72. — *Découverte du complot de Tharès et Bagathan. Troisième planche de l'Histoire d'Esther*, suite gravée sur bois. Reproduction en *fac-simile* par M. Pilinski (grandeur de l'original).

Fig. 73. — *Assuérus touchant de sa baguette Esther.* Quatrième planche de l'*Histoire d'Esther*, suite gravée sur bois. Reproduction en *fac-simile* par M. Piliński (grandeur de l'original).

Fig. 74. — *Le supplice d'Aman et de ses partisans.* Sixième et dernière planche (la 5ᵉ est introuvable) de l'*Histoire d'Esther,* suite gravée sur bois. Reproduction en *fac-simile* par M. Piliński (grandeur de l'original).

Fig. 73. — *Bethsabé au bain.* Planche isolée, gravée sur bois. Reproduction en *fac-simile* par le procédé Dujardin (grandeur de l'original).

Fig. 76. — *Descente de Joseph dans la citerne. Planche isolée, gravée sur bois. Reproduction en fac-simile par le procédé Dujardin (grandeur de l'original).*

Fig. 77. – *Retour du jeune Tobie.* Planche isolée, gravée sur bois. Reproduction en *fac-simile* par le procédé Dujardin (grandeur de l'original).

Fig. 78. — Calendrier illustré, mois de Novembre. Planche gravée sur bois. Reproduction en fac-simile par le procédé Dujardin (grandeur de l'original).

Fig. 79. — *Parabole du mauvais riche*. Planche isolée, gravée sur bois (largeur : 72 centimètres, hauteur : 50 centimètres). Reproduction en *fac-similé* par le procédé Dujardin.

Fig. 80. — Mausolée élevé à la mémoire de Henri II.
Tiré de l'ouvrage fort rare : *Henrici II... elogium... Petro Paschalio autore;
ejusdem Henrici Tumulus:* Lutetiæ Parisiorum, apud Mich. Vascosanum, 1560, in-fol.
Dessiné et gravé sur bois (grandeur de l'original).

Fig. 81. — Un cavalier du cortège triomphal.
Tiré de l'*Entrée de Henri II à Paris* (fol. 19); Paris, chez Jacques Roffet, 1549, in-4°.
Reproduction en *fac-simile* par M. Pilinski (grandeur de l'original).

Fig. 82. — Marque de Jacques Roffet, dit *le Faucheur*.
Reproduction en *fac-simile* par le procédé Dujardin.
(Grandeur de l'original.)

Fig. 83. — Marque de Robert Ballard, imprimeur-libraire.
Dessinée et gravée sur bois.

Fig. 84. — Ornementation qui a dû servir à quelque ouvrage de musique pour Ballard.
(Bibl. nationale, Cabinet des Estampes, *Vieux bois*, t. VI, p. 91.)
Reproduction en *fac-simile* par M. Pilinski (grandeur de l'original).

Fig. 85. — *Tentation sur la montagne.*
Tiré du *Traicté du mistère de l'Incarnation*,
par J. Cabosse; Paris, D. Janot, 1541, in-16.

Fig. 87. — *Nativité*. Tiré des *Harmonie
evangelice*; Paris, D. Janot, 1544, in-8°.

Fig. 95. — Tirée des *Figures de l'Apocalypse*;
Paris, E. Groulleau, 1547, petit in-8°.

Fig. 86. — *Femme Chananéenne.*
Tiré du *Traicté du mistère de l'Incarnation.*

Fig. 88. — *Jésus en prière.*
Tiré des *Harmonie evangelice.*

Fig. 89. — *Banquet.*
Tiré du *Tableau de Cébès* (fol. Giij);
Paris, D. Janot, 1543, pet. in-8°.

Fig. 96. — Marque du libraire Jacques Du Puys.

Fig. 90. — *Jésus et la Samaritaine.*
Tiré de la *Tapisserie de l'église chrestienne*;
Paris, E. Groulleau, 1551, in-16.

Fig. 92. — *Scène de la vie d'Esope.*
Tiré des *Fables et la Vie d'Esope*;
Paris, H. de Marnef, 1582, in-16.

Fig. 91. — *Psyché passe le Styx.*
Tiré de l'*Amour de Cupidon et de Psiché*;
Paris, Jeanne de Marnef, 1546, in-16.

Fig. 97. — Job.
Tiré des *Horæ in laudem B. V. M.*;
Paris, J. Du Puys, 1549, in-16.

Fig. 94. — *L'Homme et la puce.*
Tiré des *Fables et la Vie d'Esope.*

Fig. 93. — *Scène de la vie d'Esope.*
Tiré des *Fables et la Vie d'Esope.*

Toutes ces figures ont été reproduites en *fac-simile* par M. Pilinski (grandeur de l'original).

Fig. 98. — Grande marque de J. Du Puys.
Dessinée et gravée sur bois.

Fig. 99. — Marque de Sébastien Nivelle.
Reproduction en *fac-simile* par le procédé Gillot.

Fig. 100. — Marque de Guillaume Merlin.
Dessinée et gravée sur bois.

Fig. 101. — Marque de Maurice de la Porte.
Reproduction en *fac-simile* par le procédé Durand.

Fig. 102. — Encadrement avec la marque de l'imprimeur Nic. Du Chemin.
Reproduction en fac-similé.

Fig. 103.   Autre marque de Nic. Du Chemin.
Reproduction en fac-similé par M. Plinski.

Fig. 104.

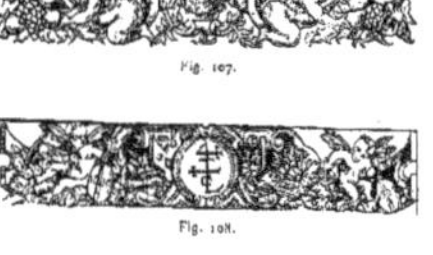

Fig. 105.

Fig. 106.

Fig. 107.

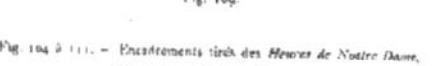

Fig. 108.

Fig. 110.

Fig. 111.

Fig. 109.

Fig. 104 à 111. — Encadrements tirés des *Heures de Nostre Dame*,
imprimés par Nic. Du Chemin.

Fig. 112. — Fleuron tiré de la *Cosmographie universelle* d'A. Thevet;
Paris, P. L'huillier, 1575, 2 vol. in-fol. (t. Iᵉʳ, fol. 3, verso).

Fig. 113. — Marque de Jérôme de Marnef.
Dessinée et gravée sur bois.

Fig. 114. — Marque d'Abel Langelier.
Reproduction en *fac-simile*.

Fig. 115. — Marque de Jean Richer.
Reproduction en *fac-simile*.

Fig. 116 et 117. — Marques
de Richard Breton.
Reproduction en *fac-simile*.

Fig. 118. — Marque de Charles Périer.
Reproduction en *fac-simile*.

Fig. 119.
Encadrement avec la devise de Charles IX.
Dessiné et gravé sur bois.

Fig. 120. — Petite marque
de Gilles Gourbin.

Fig. 121. — *Pandore*. Grande marque de Gilles Gourbin.
Reproduction en *fac-simile*.

Fig. 122.

Fig. 123.

Fig. 124.

Fig. 125.

Médaillons tirés du : *Recueil des choses notables qui ont esté faites à Bayonne*, etc.; Paris, Vascosan, 1566, in-4°. Ils ont servi de marques à Fr. et Cl. Morel.

Fig. 126. — *Portement de croix*.
Tiré des *Méditations de la Passion*;
Paris, Th. Brumen, 1578, in-8°.
Reproduction en *fac-simile*.

Fig. 127. — Marque de Thomas Brumen.
Reproduction en *fac-simile*.

Fig. 128. — *Résurrection*.
Tiré des *Méditations de la Passion*.
Reproduction en *fac-simile*.